手配犯を取り逃がした
クラウスの前に、
突然現れた一人の少女。
「追い込むのなら手伝ってあげる。
賞金は山分けでいいから」
勝ち気な態度に、げんなりする
クラウスとルグナード。
アビスゲート
1◆果て見えぬ淵《ふち》の畔《ほとり》に

アビスフォームの腹に脚に頬に、
突如現れ開いたのは、
手のひらほどの大きさをしたいくつもの目。
「――いぎいっ!?」
ルグナードの呪文に、
アビスフォームは驚愕の悲鳴をあげる！

ときに、幻覚作用をもたらすアビスフォーム。
その美しい光景に、人々は呑まれていく……。

アビスゲート 1

果て見えぬ淵《ふち》の畔《ほとり》に

1367

神坂 一

富士見ファンタジア文庫

20-56

口絵・本文イラスト　芳住和之

目次

アビスゲート　1

果て見えぬ淵《ふち》の畔《ほとり》に

振《ふ》り向くと村が消えていた。
あ、と。
自分が小さく声を漏《も》らしたことにさえ気づかず、少年は瞳《ひとみ》を揺《ゆ》らす。
今の今まで。
ここには小さな村があったはずだ。
祖父《そふ》がいて父がいて母がいて弟がいて。いっしょに遊んだ近所の子もいて。
たきぎを拾って来てちょうだい、という母の声を聞いたのはついさっき。
ついていく、という弟の声を、自分は何と言って断っただろう。
祖父が何か言ったような気がしたが、なぜちゃんと聞いていなかったのか。
気をつけて行って来い、と、父は背《せ》を向けて、狩《か》りの道具の手入れをしながら。
家を飛び出し村を駆《か》け出て。森へと続くゆるい丘《おか》を登りはじめ。
背中《せなか》にはいくつもの声。いくつものざわめき。
それが。
どん、という衝撃《しょうげき》一つとともに。

短い悲鳴だけがあって。

みんな、消えた。

振り向いた少年の目前には、静かな静かな、蒼《あお》い蒼い――

水の連なり。

たった今まで村があったはずの場所には、村よりも少し大きい、丸い水の溜《た》まりがあるばかり。

揺らぐ水面《みなも》は陽《ひ》をちらちらと照《て》り返し。

独特《どくとく》のにおいが鼻をつく。

少年が生まれてはじめてかぐにおい。

はじめて見るそれの正体を、しかし少年は知っていた。

海《うみ》。

淵海孔《アビスゲート》と呼ばれる災厄《さいやく》。

思い出す。祖父がそんな話をよくしてくれたのを。そのたびに父と母とが嫌《いや》な顔をしていたのを。

けれど。

少年にとってそれは、現実に起こる災《わざわ》いではなく、どこかつくりものじみた、別の世界での物語だった。

そのはずなのに。

知らず少年は足を進める。蒼《あお》い水のほとりへと。

近づけばきっと、こんな悪い夢みたいな海は消えてなくなって。みんながいるもとの村があるはずで。

けれど波音のする岸辺にたどりついてさえ、海はやはり海のままで。

膝《ひざ》を折る。両手をつく。

岸辺《きしべ》に這《は》いつくばり、海の中を覗《のぞ》き込《こ》む。

そこに村の姿《すがた》を求めて。そこに家族の姿を捜《さが》して。

しかし在《あ》るのはただの、蒼。

海水の中にはからまりあった大小無数の樹《き》の幹《みき》や枝《えだ》が、果てさえ知らぬ深淵《しんえん》へと続き。

水底《みなぞこ》は透《す》かし見えぬほど深く、深く。

いくら目をこらしても、水と、水に浸《つか》った樹の他には何も——

——いや。

今。

何かが動いた。

深い深い暗い暗い海の奥で。
それは。
ゆっくりと。
ゆっくりと浮かび上がって来る。
まっすぐに。少年の方を目ざして。
暗くて透明《とうめい》な海の中からやって来る。
それが何なのかを理解《りかい》して。
少年は悲鳴を上げた。

悲鳴を上げて目を覚ます。

そこにあったのは注目と沈黙《ちんもく》。

ひづめと車輪の音が響《ひび》く中、青年は口走る。いくつものあきれた視線《しせん》を送られて。

「あ、いや」

まだはっきりしない頭のままで、銀色の髪をかき上げ、青年は口走る。

「夢を見た──」

説明のつもりだった言葉に、起きたのは爆笑《ばくしょう》。

「夢かよ！」「怖《こわ》い夢見たんでちゅねー」「いやいや。この状況《じょうきょう》で寝《ね》ちまえるってのはある意味大物だよ」

いくつもの嘲笑《ちょうしょう》と皮肉とは、しかしいまだはっきりしない頭には染《し》み込まず、右から左へ流れて消える。

「クラウス。それはフォローになっていないぞ」

ため息混《ま》じりに自分の名を呼ばれ、青年はふり向いた。

隣《となり》で馬車に揺られているのは見知った赤毛の大男。幾重《いくえ》にも纏《まと》った深紅《しんく》のマントを重く垂《た》らし、巌《いわお》の表情でこちらを見やる。

夢の残滓《ざんし》に混乱しているのか、知っているはずの名前が一瞬《いっしゅん》思い出せない。

「……ルグナード……」

しかし思い出せなかったはずの名前は、勝手に口から滑《すべ》り出ていた。

とたんに頭がはっきりする。

蒼穹《そうきゅう》に雲はなく、どこかで鳥が鳴いている。

ぽつりぽつりと佇《たたず》む木々が、所々《ところどころ》に木陰《こかげ》を作り。

吹《ふ》き行く風が心地《ここち》いい。

一行《いっこう》を乗せた馬車――というか、にわかづくりの座席《ざせき》を置いただけの荷車は、山あいの道もなき地を、ごとごとと、車輪の音を響《ひび》かせ進む。

のどかな光景といえただろう。

馬車に乗った、御者《ぎょしゃ》以外の五人が武装《ぶそう》などしていなければ、だが。

クラウス自身は黒い服の上から、黒革《くろかわ》の軽装鎧《けいそうよろい》や籠手や具足を身につけて、かたわらにはひと振りの剣《けん》。連れのルグナードは、今はマントに隠れて見えないが、二ふりの手斧《ておの》をぶら提《さ》げている。

他の三人――この仕事で組むことになった連中も、格好《かっこう》はまちまちだが、ある程度《ていど》の防《ぼう》具《ぐ》で身を固め、弓やら剣やらの得物《えもの》をそばに置いていた。

三人の名前はそれぞれ――なんといったか。クラウスはよく憶《おぼ》えていない。どうせ一時《いっとき》のつき合いと、さして気にもしなかった。

どこかの町だか村だかが、近くを荒《あ》らすならず者を退治《たいじ》するのに、流れの傭兵《ようへい》に金を出す。ごくありふれた話である。

近くにあるボリアの町で寄せ集められた傭兵五人は、山賊退治《さんぞくたいじ》を頼《たの》まれて、アジトへ向かっている途中《とちゅう》。

山賊退治、と言うのは易《やす》いが、戦いになれば当然、敵《てき》も味方も命がけ。だというのに。

そんな殺伐《さつばつ》とした現場《げんば》に向かう馬車の上で、どうやら自分は居眠《いねむ》りをしてしまったらしい。

からかわれるのも無理はないが、やはりこのままでは格好《かっこう》がつかない。ならここは、何か意味ありげなことを言って誤魔化《ごまか》すのが吉《きち》！

そう判断《はんだん》したクラウスは、銀色の髪をかき上げて、青い瞳をやや伏《ふ》せながら、

「……笑うなら笑ってくれてもいい……けどな、ヤバいにおいがする時には、時々こういうふうになるんだよ……」

わけのわからないセリフに、クラウスのことをよく知らない同乗者《どうじょうしゃ》たちはきょとんっ、とするが、勝手知ったるルグナードだけは渋《しぶ》い顔で、

「……確かにお前は、時と所構《ところかま》わず居眠りをすることがあるが……」

「居眠りの方に突っ込むなよ叔父貴《オジキ》ッ！」

思惑《おもわく》をあっさりひっくり返されて、怒《いか》りか恥《はじ》か、クラウスは顔を朱《しゅ》に染《そ》め、

「ここはそうじゃなくてっ！『またあの予感がするのか』とかなんとか言って話を合わせてくれれば格好いい所だろッ！」

あわてたせいではね上がった声は、当然みんなに丸聞こえ。

ルグナードはますます渋い顔で、

「その呼び方は人前ではよせと言ったろう。

あとクラウス……痛《いた》いぞそのノリは……」

「痛くないって！」

言い合う二人に、他の傭兵たちは生あたたかい視線《しせん》を向けて、

「大変だな。子供のお守《も》りは」

うち一人、弓矢を抱《かか》えた無精《ぶしょう》ヒゲがルグナードに言ったのを耳にして、クラウスは髪をかき上げながら、

「子供扱《あつか》いはやめてもら──」

「無理な背伸《せの》びはこの年頃特有《としごろとくゆう》の病気だからな。仕方ない」

セリフを遮《さえぎ》りルグナード。

「病気って言ったッ⁉」

クラウスの悲鳴に笑いが起こり──

「あの、すみませんが、そろそろですので……」

振り向いた御者の一言に、ゆるんだ空気は瞬時《しゅんじ》に消えた。

全員が表情を引き締《し》めると、それぞれの得物《えもの》を手に取って。

馬車が停《と》まる。

「……右の山を越《こ》えた先です」

雑木《ぞうき》と雑草《ざっそう》に覆《おお》われたそこは、小山と呼ぶにも小さすぎるほどの盛《も》り上がり。歩いて越えるのにさほどの時間は要さないだろう。

クラウスたち傭兵五人は馬車を降りると、顔を見合わせうなずきあって、山の方へと歩みを進めた。

木々の間を縫《ぬ》い、しげみを揺《ゆ》らして音を立てぬよう、注意して進み行けば、さほど時間も経《た》たぬうち、一行は頂上《ちょうじょう》へとたどり着く。

「……見張《みは》りがいる様子もねえ。連中よっぽど世の中ナメてやがんな」

「でなければ自分たちが悪党だって自覚がないか、だな」

そばを行く仲間の傭兵《ひとり》のつぶやきに、クラウスも小さな声で返す。

平らになった頂上にも草木はあるが、高みからはまわりの様子が見渡せる。一同はあたりに散って、四方に視線を走らせて――

「見つけたぞ。おそらくあれだ」

ややあって、静かに流れるルグナードの声。

全員そちらに集まって、視線の先を目で追えば、一つ隣にある山の中、木々のあい間に人影《ひとかげ》二つ。

そばにはひらけた場所があり、たき火のあとが三つ四つ。そこから少し離れた場所には暗い横穴《よこあな》が斜面《しゃめん》に口を開けていた。

山賊《さんぞく》どもの巣窟《そうくつ》に間違いはないだろう。――が。

「聞いていたより数が多いな」

「数が多い？」

つぶやくルグナードに、クラウスは眉《まゆ》をひそめた。

賊の人数は五、六人、と聞かされている。そして、クラウスの目に映《うつ》る相手は――

「……二人しかいないだろ？」

矛盾《むじゅん》はないように思えるが。

だがルグナードは苦い表情で、

「見えているのは、な。

しかし焚《た》き火の跡《あと》は四つ。聞いている通りの人数なら、せいぜい一つか二つでこと足りるはず。

なら実際《じっさい》には、それ以上の人数がいると考えるべきだろう」

「……なるほど」

言われてみれば納得《なっとく》だが、クラウスとしては、そこに気づかなかった自分が負けたみたいでちょっとくやしい。

「けどよ、ならどうする？」

剣を二本携《たずさ》えた黒髪《くろかみ》が訊《き》けば、弓矢持ちの無精《ぶしよう》ヒゲは気楽な調子で、

「なぁに気にすることねえって。行ってちゃっちゃとやっちまおうぜ」

「後ろにいる気まんまんな得物で無責任に煽《あお》ってんじゃねーよ！　相手をナメすぎたら痛い目見るってことぐらいわかってんだろーが！」

剣を持った禿頭《とくとう》がそれに文句をつける。

食い詰《つ》めた傭兵が、野盗《やとう》のたぐいに身を持ち崩すこともよくある。格下《かくした》と決めつけてナメてかかれば、場合によっては返り討《う》ち。

そもそも地の利は向こうにある。罠《わな》のたぐいが無いとも限らない。

「進むにしても、策《さく》を練る必要はあるな」

と、ルグナード。

クラウスも何か言わなければならないような気がして、あたりをぐるりと見渡《みわた》して。

突如《とつじょ》。

ぞわり、と背筋《せすじ》がおぞけ立つ。

立ちこめた草木のかおりにかすかに混じる、何かのにおいを感じ取り。

それが何のにおいだったのか。思い出すよりも早く。

どんっ。

腹《はら》に響《ひび》いた衝撃《しょうげき》は、馬車が大きく揺《ゆ》れた時にも少し似ていた。

甲高《かんだか》いあれは何かの悲鳴か。それとも生木《なまき》のきしむ音か。

いずれにしても、あっけなく。

賊たちのいた隣の山は丸ごと消え去り、そのかわり――

連《つら》なり在《あ》るのは、蒼く深い――水。

それは、湖にも見えた。

だが違《ちが》う。

ただの湖なら、生臭《なまぐさ》い潮《しお》のにおいが大気を汚《けが》したりはしない。

瞬時《しゅんじ》に陥没《かんぼつ》し、崩《くず》れて消えた山にかわって現れたのは、疑《うたが》いようもなく――

「……う……海……だと……？」

つぶやいた黒髪の声はふるえていて。

嘘《うそ》だろ……ど、どうするよこれ」

「どうもこうもあるかッ！　とにかくこんな所からはとっとと逃げるんだよ！でないと――」

呆然《ぼうぜん》とつぶやいた黒髪を叱咤《しった》する無精《ぶしよう》ヒゲの言葉にも、やはり恐怖《きょうふ》の色は濃く。

「でないと、奴らが来るぞ！」

その一言に、全員が一瞬沈黙《いっしゅんちんもく》し。

「け……けどこれ、礼金《カネ》ってどうなるんだ？」

「オレたちが山賊を殺《や》ったあとで海が出たってことにすりゃいいだろ！」

じわりじわりとにじり退《さが》りながら、それでも金の心配をする黒髪に、やはりにじり退りつつ無精ヒゲがわめく。

「とにかく戻るぞっ！」

吐《は》き捨《す》てると、無精ヒゲはきびすを返して脱兎《だっと》のごとく駆《か》け出した。それを機に禿頭と黒髪も遅れじとそのあとに続き――

「クラウス！」

名を呼ばれ、クラウスはようやく我《われ》に返った。

吸い付けられるように見ていた青い水面《みなも》から視線《しせん》をもぎ離《はな》し、隣《となり》に佇《たたず》むルグナードを見やる。

「行くぞ。これ以上ここにいても無意味だ」

「……けど……奴らが……！」

言おうとも思わぬうちに漏《も》れた言葉には、自分でも驚くほどの憎悪《ぞうお》の色《いろ》が滲《にじ》み出て。

胸の鼓動《こどう》が速くなる。頭が熱く体が熱く、背筋《せすじ》と胸《むね》の奥底《おくそこ》だけが、寒い。

自分の中で恐怖と怒りがまぜこぜになって、うまく頭が働かない。

「戦うべき時と相手《あいて》を読み違《ちが》えるな。今ここで戦《や》れば、間違いなく無駄死《むだじ》にだ」

忠告《ちゅうこく》に、クラウスは、ぎり、と奥歯《おくば》を噛《か》みしめて。

「……わかってる……わかってるつもりだ……」

「なら、行くぞ」

ルグナードは深紅のマントをひるがえし——

だがクラウスの足は動かない。

「行くぞ！」

ルグナードに、ぐい、と強く後ろから肩《かた》を引かれ、ようやくクラウスの足は動いた。

もと来た方へと戻りつつ、クラウスが肩越しに、ちらりと後ろをふり向き見やれば——

刹那《せつな》。

青い青い水の連なりに、浮かび来る蒼黒《あおぐろ》い影がいくつも見えたような気がした。

「依頼料《カネ》出せねぇってなぁどういうことだっ!?」

だんっ！　とテーブルを叩《たた》いて鳴らし、わめいた無精ヒゲの剣幕《けんまく》に、しかし年老《としお》いた町長はひるむそぶりも見せはせず、

「しかしマドックさん、賊たちは海に呑まれたのでしょう？」

落ち着いた物腰《ものごし》で言い放つ。

としは五十か六十か。髪は薄《うす》く白くなっているが、背筋《せすじ》はまっすぐ伸《の》びており、眼には油断《ゆだん》のならない光。

一行は、賊が山ごと海に呑まれたあと、依頼《いらい》を受けたボリアの町に引き返し、依頼主の町長宅にそのまま直行《ちょっこう》。

あまりパッとしない応接間《おうせつま》で、若干《じゃっかん》の脚色《きゃくしょく》を含めた事情説明《じじょうせつめい》をしたのだが――

町長から返ってきたのは、成功報酬《せいこうほうしゅう》は払《はら》えない、との答え。

「だからっ！　オレたちが連中をぶッ殺したあとに海が出たって言ってるだろ！」

無精ヒゲ――マドックがつばきを飛ばしてわめいても、老人は涼《すず》しい顔で、

「それにしては帰って来るのが早すぎた、と、ミト――息子からは聞いていますが？」

言う町長のその後ろ。色あせた壁掛《タペストリ》けのそばに立っているのは、一同を馬車で現場に運んだ御者だった。

実際《じっさい》は賊たちのアジトに着く前に海が出現《しゅつげん》し、即座《そくざ》に引き返したのだ。倒《たお》したあとに海が出た、というその嘘《うそ》は、どう考えても時間的に無理がある。

「知るかっ！　オレがやったっつってるんだからやったんだよっ！」

だが当人は、つじつまが合わないことに気づかないのか、あるいは単にヤケなのか、顔を朱に染《そ》め吠《ほ》え立てる。

対する町長は嫌味《いやみ》なほどに冷静に、

「なるほど。

ではどのように賊どもを倒《たお》したのか、詳《くわ》しくお話し願えますか。

そもそも、相手を仕留《しと》めた場合は証《あかし》となるものを持ち帰って欲しい、とお願いしておいたはずですが。

証も無く、倒したあとに海が出た、それを信じて金を払え、とおっしゃられても。

剣を使ったなら血曇《ちぐも》りの跡《あと》もあるでしょうから、それも拝見《はいけん》させていただければ」

「……っ！　血のついた刃物《はもの》が見てえッてんなら――！」

マドックは腰《こし》にさした短剣に手を伸ばし――

「やめとけ」

男の動きを止めたのは、たまらずかけたクラウスの声だった。

「……なんだと……？」

ぐるぅりっ、と首を回してクラウスを見たマドックの目は血走っていて。

正直言うとちょっとコワかったりはしたが、クラウスは余裕《よゆう》を装《よそお》い、銀色の髪をかき上げながら、

「やめとけ、って言ったんだ」

「ジジイの肩持つってぇのかガキ!?」

吠《ほ》えた言葉に間髪《かんはつ》入れず、

「お前一人が損《そん》をする必要もあるまい——ということだろうよ」

横から口をはさんだのはルグナード。

「……オレだけが損……？　何の話だ!?」

眉をひそめるマドックに、ルグナードは泰然《たいぜん》と腕《うで》を組んだまま、

「その町長どの、見たところ、少々脅《おど》したところで金を出してくれるような玉ではないぞ。

間違って怪我《けが》でもさせれば、お前がお尋《たず》ね者になる。

いや、町長どののことだ。手を出されそうになった時点で、この場にいる全員にお前の討伐《とうばつ》を頼《たの》むかもしれんな。

どれほど腕《うで》に覚えがあるかは知らんが、四対一は楽ではあるまい」

「……っ……！」

そこまでは考えていなかったのか、さすがにマドックの顔色が変わる。

「仮に全員を返り討《う》ちにできたとしても、お前には何の得にもなるまい。

だからさ。

これ以上はどう転んでもお前一人の損、ということだ。

俺《おれ》としてはそれで稼《かせ》いでもかまわんのだが、どうもクラウスはそういうのが気に入らん

ようでな。ここは子供の青さに免《めん》じて引いてやってくれんか」

「子供じゃねえ」

一応クラウスとしては義務《ぎむ》として突《つ》っ込《こ》みを入れておく。

「町長どの」

ルグナードは、マドックの返事を待たず、町長に向かって、

「しかしまさか、先にいただいた支度金《したくきん》まで返せとはおっしゃらんだろうな。俺たちもこの依頼の支度にものいりはあったのだし、そちらの依頼のおかげで、もう少しで海に呑まれるところだったのだからな」

冗談《じょうだん》めかした口調で言うのに、町長も苦笑いで、

「……さすがにそこまで申し上げるのは酷《こく》というものでしょうな」

「ならそういうことで――いいかな？」

目をやって問いかけたルグナードに、マドックはただ、ケッ、と吐《は》き捨《す》ててそっぽを向いただけだった。

がさがさの藁《わら》のベッドにあおむけで、すすけた天井板《てんじょういた》を眺《なが》め、

「……納得《なっとく》いかねえ……」

クラウスはぽつりとつぶやいた。

「この部屋のことか？」

言ってぐるりとあたりを見回すルグナード。

天井からは、よく見かけるタイプのランプがぶら下がっていた。ナクアの実の薄皮《うすかわ》を張《は》り合わせた半透明《はんとうめい》の容器《ようき》に真水が入れられ、中に漬けられた魔力素《マナチップ》が、青白い光であたりを照らしている。

薄汚《うすよご》れた壁からは古びたにおいがしみ出して、藁に布きれをかぶせただけのベッドとも呼べないベッドの寝心地は、おせじにもいいとは言えない。

離《はな》れ、と町長は言っていたが、馬小屋《うまごや》か物置小屋《ものおきごや》にしか思えない。

歓待《かんたい》されているようには思えないが、世間の傭兵《ようへい》に対する扱《あつか》いなどというのは、おおむねこんなところだろう。

他の傭兵三人に用意された部屋も、たぶん似たようなもののはず。

町長との『お話し合い』が終わったあと。善意《ぜんい》か単なるご機嫌《きげん》取りか、クラウスたち傭兵一同に、わりと豪勢《ごうせい》な夕食がふるまわれ。

そのあと、町長が用意した、離れという名のこの掘《ほ》っ建《た》て小屋に案内されたのだが。

問うルグナードにクラウスは、不満たらたらの表情で、

「部屋のことじゃない。

町長と話し合ってた時、無精ヒゲが町長にウダウダ言ってただろ」

「無精ヒゲ？　ああ、マドックのことか」

「そんな名前だったか。で、あいつが物騒《ぶっそう》なものを抜《ぬ》きそうになった所をオレが止めた」

「止めたな」

あっさりと言われてクラウスはベッドに身を起こし、

「いや！『止めたな』じゃなくて！」

「よくわからんが、何が言いたい？」

「だからっ……！」

説明しかけて、クラウスは口ごもる。

さすがにソレを口にするのは、いくらなんでも格好悪《かっこうわる》すぎる気がして、

「…………なんでもねえよ……」

「そうか。なんでもないか」

ルグナードは自分のベッドにどっかと座《すわ》って腕《うで》を組み、

「俺はてっきり、俺が横から口をはさんで言いくるめたんで、お前が自分の見せ場を取ら

れたような気分になって納得《なっとく》いかないのかと思ったが」

「わかってるじゃねーか全部ッ！」

思わずその場に立ち上がる。

しかしルグナードは苦笑《くしょう》を浮かべて、

「そう怒るな。

あの場では、もしお前が俺と同じことを言っていたとしても、マドックは矛《ほこ》を収めなかっただろうからな」

「……なんでだよ……」

相手を言いくるめられた自信はないが、それはさておき聞いてみる。

「あいつはお前を、若いからと軽く見ていたふしがあったからな。お前に言いくるめられれば、むしろ逆上《ぎゃくじょう》していたかもしれん。

あの場をおさめるには俺が言うしかなかった、ということだ」

わかるような、わからないような理屈《りくつ》。

「年上だの年下だの……関係ないだろ。面倒《めんどう》くせえ」

「関係ないとも。本質《ほんしつ》には、な。

だが誰が語るかによって、相手が受ける印象は――」

ルグナードがそこで言葉を止めた理由は、クラウスにもわかった。

今。

「……声……聞こえたよな」

「うむ」

言葉を交《か》わして耳を澄《す》ませば、夜風に混《ま》じって聞こえて来たのは男のがなり声。

何を言っているのかまでは聞き取れないが、響《ひび》きの中にただならぬものを含んでいる。

顔を見合わせうなずき合って、外に飛び出せばすぐわかった。

声が、母屋《おもや》から聞こえていることに。

この声は――町長の息子、ミトのものか。

とある予感を抱《いだ》きつつ、天より見下ろす月の下、夜風の中を駆《か》け抜《ぬ》けて。

母屋の裏口が小さく開き、ランプの明かりが漏《も》れている。ドアを引き開け飛び込めば、傭兵のクラウスたちにとってはかぎ慣《な》れたにおいが鼻をつく。

「おやじっおやじおやじなあおやじっ！」

声のする方へと向かえば、家族か手伝いの人間か、抱《だ》き合い震《ふる》える女が二人。そのそばにドアが開いたままの部屋。

中には。

血に染まりもはや動かぬ町長と。

とりすがってわめく息子、ミトの姿——

ランプの明かりが照らす下、赤く染まった絨毯《じゅうたん》は、ぬめつくように照り光り。

なまあたたかい血のにおい。

「何があった」

ルグナードの問いに、ミトは、びくんっ、と小さく身をふるわせると、涙《なみだ》と怒りでぎらつく目を向けて、

「くそっ！　あの野郎《やろう》がっ……おやじっ……！　あんたらのっ……くそっ……！」

しかし怒りに混乱《こんらん》してか、連なる言葉は説明になっておらず。

「——どうした——！」

遅れてやって来た傭兵二人、黒髪と禿頭は、部屋の中を覗《のぞ》き込むなり絶句《ぜっく》して。

一体何があったのか。

いまだ姿を見せない一人のことを考えれば、容易《ようい》に想像《そうぞう》はつくのだが——

「ゆっくり、話してくれ」

重ねて言うルグナードに、ミトは唇《くちびる》を震《ふる》わせながら、

「あっ……！　あんたらのお仲間がっ……！　マドッ……マドックとかいうあいつがっ

「……親父《おやじ》をっ……親父をっ……！」

くぐもった声で、予想通りの言葉を吐き出したのだった——


部屋には重く苦しい沈黙《ちんもく》。

ミトはぐったりとイスに座り込み、完全に放心していた。

今は町長の部屋ではなくてミトの部屋。

あのあとルグナードが、混乱するミトを、時には叱咤し時にはなだめ、状況の確認《かくにん》と諸々《もろもろ》の簡単《かんたん》な処理《しょり》をして。

わかったのは——マドックが、おそらく報酬《ほうしゅう》のことを根に持って、町長を殺したらしいこと。

金がいくらかと——あと、馬小屋から馬が一頭盗《ぬす》まれていたこと。

おそらく馬で町を出たのだろう。聞き込みでもすれば、おおよそどちらの方に逃げたのか見当はつくだろうが、まだそこまで手は回らない。

遺体《いたい》には布《ぬの》をかぶせ、気を落ち着かせるため、ミトの部屋へと場所を移《うつ》して。

「……殺してくれ……」

重い沈黙を破《やぶ》って漏《も》れたつぶやきが誰のものかは——言うまでもない。

ミトは放心の表情のまま、ただ口だけを動かして、
「……マドックの奴を……殺してくれ……親父の……かたきを取ってくれ……頼む……
金は……出す……だから……」
答えは──しかし、誰からも無い。
「……頼む……本気で言ってるんだ……」
「本気なら──」
仕方なく口を開いたのはルグナード。
「役人に届《とど》け出て、手続きを踏《ふ》んで賞金首《しょうきんくび》をかけるのだな。
冷たい言いように聞こえるかもしれんが、現実問題として、どこへ逃げたかもわからぬ
奴を捜《さが》すのに、俺たち四人ではとうてい手が足りん」
「……じゃあ……じゃあよ……
そうすりゃあ……親父のかたきは絶対《ぜったい》取れるのかよ……？」
むろんのこと──
その問いに答えることのできる者など、誰一人としていなかった──
そこは、かつて海だった場所。

ボリアの町をあとにして。次の仕事を探して別の町へと流れる途中。

あの海を見に行こう、と言い出したのはクラウスだった。

皆《みな》の目の前で、賊たちを山ごと呑み込んだ、海。

——ありとあらゆる災厄のうち、一番おぞましいものは何か。

もしも人々にそう問えば、多くの者は答えるだろう。

海だ、と。

一切何の前触《まえぶ》れもなく、突如《とつじょ》地面が沈《しず》み込み、上にあるすべてのものを呑み込んで、あとにはただ、青々たる海水《みず》をたたえる——海。

世界の果てにある大海と区別をするため、人々は、それを淵海孔《アビスゲート》と呼ぶ。

人が淵海孔《アビスゲート》を忌《い》み嫌うのは、その唐突《とうとつ》さのみが理由ではないのだが、人の住《す》む場所にそれが出現するだけでも、十分な惨事《さんじ》となる。

水のほとりに佇んで、クラウスはしばし、連なる青を眺《なが》めやる。

「……こんなもんが出て来なけりゃあ、町長サンも殺されずに済《す》んだのにな……」

漏《も》らしたつぶやきは、自分でもはっきりとわかるくらいにかすれていて。

町長に同情《どうじょう》しているわけではない。

憎悪《ぞうお》が、怒りが、自分の中で渦巻《うずま》いているのがわかる。

宗教家《しゅうきょうか》は言う。淵海孔《アビスゲート》は遠い昔、神に封《ふう》じられた邪神《じゃしん》の呪《のろ》いが起こすのだ、と。

現実主義者《リアリスト》は言う。淵海孔《アビスゲート》は単なる自然現象《しぜんげんしょう》なのだと。

どちらが正しいのかはもちろんわからないが、何にしても、人の力でどうこうできるものではない。

しかしそれでも——

クラウスは、海を、憎む。

ここに海が出現したのはつい昨日。

まわりの木々には、鋭《するど》い刃物《はもの》で枝葉《えだは》を払《はら》った跡、ぬめる何かが触《ふ》れて乾《かわ》いた跡があちらこちらに見て取れる。

それは海から現れたものたちが、あたりをうろつき、帰って行ったことの証《あかし》。

水辺に寄って見てみれば、水中ではもうすでに、白っぽい枝が網《あみ》のようにびっしりと伸《の》び、深みへと繋《つな》がる道を塞《ふさ》いでいた。

時が経てばここも、いつかは完全に浄化《じょうか》され、暮《く》らしの水源《すいげん》として使われることになるだろう。

「——クラウス——」

「わかってるって。ただの感傷《かんしょう》だ、って言うんだろ」

ルグナードの呼びかけに、クラウスはため息混《いきま》じりできびすを返す。

そして。

しばしの時が流れる。


今日、知り合いを殺した。

悪いとは思わない。知った顔だが仲間だの友人だのとは呼べないようなクズ野郎《やろう》だったし、第一、しかけて来たのは向こうの方からだった。

「……最悪だ畜生《ちくしょう》……」

疲《つか》れた体を引きずって、町の裏路地《うらろじ》を行きながら、マドック＝ランバートは我知らず小さな呻《うめ》きを漏《も》らす。

貧民街《ひんみんがい》、とまでは言わないが、下町と呼ぶにはうらぶれすぎた、そんな一角《いっかく》。

まだ夕暮れには間があるが、日当たりは悪く薄暗《うすぐら》い。

多少返り血を浴びてはいるが、もともと汚れたぼろ布《ぬの》のような服。薄暗《うすぐら》い中では血だか泥汚《どろよご》れだかもわからないだろう。仮に血だとわかったとしても、それで騒《さわ》ぎ立てるようなお行儀《ぎょうぎ》のいい奴は、こんな場所にはおそらくいない。

実際、あたりに座り込んでいる連中は、瞳にマドックの姿を映しても、眉を動かす気配も無かった。

とはいっても、とっとこの町を離れた方が賢明《けんめい》だった。

「……なんってこんな……くそっ……」

毒づく言葉を吐きこぼしつつ歩みを進める。かすり傷はいくつか負っていて、そのちょっとした痛みが妙《みょう》に気に障《さわ》る。

もちろんのこと。

ケチのつきはじめは、あの件だ。

ひと月ほど前だっただろうか。

シケた町でシケたジジイからシケた依頼《いらい》を受け、海のせいでその仕事が流れた。

シケたジジイは、金は払えない、とか言い出して——一旦は引いてやったものの、やっぱり腹が立ってきて、もう一度ジジイと交渉《こうしょう》に行ったのだが、くそ腹の立つもの言いに口論《こうろん》になり、気がつくと——

殺《ころ》していた。

何もかもあのジジイのせいだ。あいつがグダグダ言わずにちゃんと金を払っていれば。

あのジジイ——名前はなんといったか。もう憶《おぼ》えてもいないのだが。

そのことで自分に賞金首がかかっているのを知ったのは今日だった。

町の酒場《さかば》で、昔、一緒《いっしょ》に仕事をしたことのある傭兵と出会い。

たいした知り合いでもないのに、なんだか妙に馴れ馴れしくて。おまけに酒までおごってくれて。

まあいいか、と思っていたら、酒場を出た所でそいつ《やつ》の仲間が一人、待っていて。

いつの間にか、持っていた弓の弦《つる》が切られていた。

知り合いは勝ちほこった余裕《よゆう》しゃくしゃくの顔で、あれやこれやといろんなことをべらべらとしゃべり倒《たお》し。

シケたジジイのシケた息子《ガキ》が、自分の首に賞金をかけたことを知った。

そこまで聞けば十分だった。

こっちの得物《えもの》が弓矢だけだと信じて油断《ゆだん》し、マヌケ面をぶら下げていた馬鹿《ばか》をぶち殺し、もう一人の連れは多少手こずったがぶち殺し。

とりあえず切り抜けたのはいいのだが——

それにしても面白くないことになった。

手配《てはい》の似顔絵《にがおえ》くらいは出回ってるだろうが、髪型《かみがた》や服をちょいと変えて偽名《ぎめい》を使えば、そんなものはどうにでもごまかせる。

ただしそれは、相手が自分を直接《ちょくせつ》知っている奴でなければ、の話。

昔、一緒に何かの仕事をしたことのある奴が、小金欲しさに自分を狙《ねら》って来る——今日起きたようなそんなことは、これからだってあるだろう。

仮《かり》に、その全部を返り討《う》ちにできたとしても、町の中で騒《さわ》ぎを起こせば、どうやったところで官憲《かんけん》どもが動きだす。

どう転んでも面倒《めんどう》尽《づ》くし。

最悪、というのはまさにこのことか。

ともあれ今は、とっととこの町を出るのが先決。夕暮れまでに別の村や町にたどり着くのは無理だろうから野宿になるが、仕方ない。

弦の切れた弓を未練たらしく左手で抱《かか》え、進むマドックの足が——止まった。

路地の行く手を塞《ふさ》いで佇《たたず》むは、全身を黒いローブとフードで覆《おお》った影《かげ》三つ。

この季節、あたりは夜になると冷える。防寒着《ぼうかんぎ》としてのローブとフードはそう珍《めずら》しいものでもない。

現に、道ばたにうずくまっている連中の中にも、うす汚れたローブを纏《まと》っている者もいた。

だが。

自分の前に立ち塞がるということは、当然何かの意図があるのだろう。

手前の一つはやけに小さい気がするが――まあなんでもいい。

「ジャマだ」

マドックは言い放つ。

まさかこんなタイミングで、賞金狙《しょうきんねら》いがもうひと組やって来たとは思えないが――

くく、と手前の影が漏《も》らしたのは小さな笑い。

「腕前《うでまえ》は見せてもらいました」

響《ひび》いたのは、薄汚《うすよご》れた裏路地《うらろじ》にはふさわしくない澄《す》んだ、若い女の声。

ということは、マドックが二人を始末《しまつ》するところを見ていたのだろうか。

官憲や、正義感《せいぎ》でマドックを捕《と》らえに来た物好きのようには見えないが、だからといって油断《ゆだん》はできない。

「何言ってんのかわかんねーよ」

こんなシラ切りが通用《つうよう》するとも思えないが、ダメでもともと。

深く下ろしたフードの下、女は朱《あか》い唇を笑みの形に小さく動かし、

「あら？　ひょっとして私の勘違《かんちが》いですか？　腕の立つ人なら是非護衛《ぜひごえい》の仕事をお願いしたいと思ったんですけど」

「仕事、だと？」

「ええ。馬車も用意しておりますから、もしお引き受けくださるのなら、今日じゅうに出立しようかとも思っているんですけれど。あとこれは、ほんの手付けに」

女のローブの前がわずかに開き、さし出されたのは黒い手袋。その指先に握《にぎ》られていたのは小さな革袋《かわぶくろ》。

マドックは警戒《けいかい》しながら近づくと、左手で、女のさし出した袋をひったくる。後ろに下がって距離《きょり》を取り、中を覗《のぞ》けば金貨《きんか》が数枚《すうまい》。なかなか景気のいい話だ。

もちろんマドックには、この金を持ってそのまま逃げるという手もある。だがそんなことは相手も考えたはず。

かかりの悪い釣《つ》りのエサに、これだけの額《がく》をぽんと出せるなら、少なくとも目的は、マドックの首にかけられた小銭《こぜに》などではないだろう。

当然何か裏はあるのだろうが、金がもらえて馬車という足ができるのは、今のマドックには大助かり。

とりあえず。

「……話くらいなら聞いてやってもいいぜ」

「そう。よかった」

女はゆっくりとマドックの方に歩み寄り、少しだけ距離《きょり》を置いて立ち止まると顔を上げた。

マドックはあやうく口笛《くちぶえ》を吹くところだった。

透《とお》るような白い肌。深い空の色をした瞳。淡《あわ》い金色の前髪。

マドックの、あまり上品とはいえないボキャブラリ集の中でまっ先に浮かんだのは、上玉、という表現《ひょうげん》だったが。

出会いがもう少し違う形だったなら、即座《そくざ》に暗がりに引《ひ》っ張《ぱ》り込んでいただろう。

「ローウェル、とでも呼んでください」

「オレはマ――」

マドック、と口走りかけてあやうく思いとどまって。

「……マックス、だ。

ところで護衛《ごえい》ってよ、どこに行くんだ」

「ええ」

ローウェルは、マドックにそっと近づいて、

「海を見に」

満面の笑みでそう囁《ささや》いた。

場末の酒場は品のない喧噪《けんそう》に満ちていた。

酒とタバコと油のにおい。

話半分の自慢話《じまんばなし》が大声でまくし立てられて。時折《ときおり》起きる品のないバカ笑い。

こういう場所に慣《な》れない者には、いつ物騒《ぶっそう》なことが起きても不思議ではない場所に見えるだろうが、店には店なりの秩序《ちつじょ》というものがある。空気さえちゃんと読めば、そうそう怖《こわ》がる必要はない。

実際の話、客の中には、腕《うで》っ節《ぷし》が強いようにはとうてい見えない若い女や年寄りもいるが、普通に酒を楽しみ、普通に帰ってゆく。

そんな店の戸口に近い一角に、二人はいた。

古びたテーブルの上、二つ置かれたカップの中は酒ではなく水。

あとは小皿に盛《も》られたクラッカー。

「不景気な話だ」

憮然《ぶぜん》とつぶやくルグナードの向かいでは、クラウスが、小さな笑みを浮かべて髪をかき上げ、

「ぼやいたところで何もはじまらないぜ」

「格好《かっこう》をつけてもやはり何もはじまらんが、な」

即座《そくざ》に返されて、

「……それはそうなんだけどな……」

作っていた笑みを引きつらせる。

「どっちにしても一緒だったら、せめて格好をつけた方がいいだろ？」

「確かにどちらでも同じか。まあ、好きにしろ」

小さく二人の腹《はら》が鳴る。

目の前にあるクラッカーを頬《ほお》ばれば、ひととき空腹《くうふく》はしのげるだろうが、それもこの分量では知れている。

流れの傭兵などというものは、世間様にごたごたが起きれば仕事も飛び込んで来るが、何もなければ稼《かせ》ぎは無い。

ひと月ほど前、別の町で受けた山賊退治の仕事が流れて。

そのあと、荷馬車の護衛の仕事が二つばかりあったが——こういった仕事では、飯と寝る場所はついてくるが、かわりにあまりもうけにならない。

途中で賊に襲《おそ》われて、撃退《げきたい》した、ということでもあれば、礼としてそれなりのボーナスが出るのが普通《ふつう》だが、結局《けっきょく》のところ道中何事《どうちゅうなにごと》もなく。薄謝《はくしゃ》という言葉が全然謙遜《けんそん》に聞こえない程度の報酬《ほうしゅう》をもらったのみ。

なおかつここ五日ばかりは、そんな護衛の仕事すら見つからず、このフューペルの町へと至《いた》る。

うまい話でも転がっていないものかと、傭兵《ようへい》たちや流れ者——そして、さまざまな話の集まるこういった酒場で、水とクラッカーを眺《なが》めているわけだが。

席についてしばしの間。

他の客たちの話に耳をそばだてて、何かのもうけにつながりそうなことがないかと探《さぐ》っているが、今の所はそれらしい話も聞こえては来ない。

あちこちの席を回って、場合によっては誰かに酒の一杯《ぱい》でもおごり、積極《せっきょく》的に話を聞き出すことも時には必要だが、それで必ず仕事にありつけるという保証《ほしょう》はない。

自分は水を飲んで酔《よ》ったフリをして他人に酒をおごり、結局仕事も見つからず、ではあまりにも悲しすぎる。

そう考えると、積極的に聞き込みをはじめようという気も起きにくい。

かといって、このまま座って待つだけで、うまい話が転がり込んで来る、などということはまずないだろう。

あれこれいろいろ考えながら、水とクラッカーを眺めるのにも、二人がそろそろ飽《あ》きて来た頃《ころ》。

そばにある店のドアがきしんで開く。

入って来たのは男が一人。防寒用《ぼうかんよう》のローブを身につけ、どこか不景気な顔。

その瞬間《しゅんかん》。

クラウスとルグナード、そして男が凍《こお》りつく。

男はあわててきびすを返し――

「――マドック！」

クラウスは思わず男の名を呼び立ち上がる。

真新しいローブを羽織《はお》り、無精ひげも剃《そ》られて無くなっていたが間違いない。

男は二人を目にすると、舌打《したう》ちを残して店を飛び出す。それが何よりの当人証明《とうにんしょうめい》。

クラウスもルグナードも、マドックに賞金首《しょうきんくび》がかかっているのは知っている。決して高額《こうがく》ではなかったが、稼《かせ》ぎ口には違いない。

「もうけ話が向こうから飛び込んで来たぜ！」

クラウスは吠えると、そばに立てかけておいた武器《エモノ》を取り、マドックのあとを追って店を飛び出す。

後ろでルグナードが何かクラウスの名を呼んでいたが、雑談《ざつだん》をしているヒマはない。

ドアをくぐればそこは夜。

街灯はあまり見あたらないが、窓からランプの明かりを漏《も》らしている家も多く、真の闇《やみ》にはまだ遠い。

くわえて天の月と星とが、駆《か》けるマドックの後ろ姿を照らし出す。

その背中を追ってクラウスは地を蹴《け》った！

マドックは先の通りを左に曲がる。クラウスがそこにたどり着いた時には、はやその後ろ姿は見えなくなっていた。

かまわず通りへ駆け込んでゆく。おそらく相手は先の角を曲がったのだろう。ここで見失えば再び見つけるのは難しい。

分かれ道にたどり着き、左右を見回す。しかしあたりに人影はなく、かわりに後ろから息づかいと足音。ふり向くまでもなくルグナードだとわかって、

「左右どっちかに行ったはずだ！　オレはこっちを――」

「こら」

ごすっ。と腰《こし》に軽い蹴《け》り一つ。つんのめってから振り向いて、

「ジャレてる場合じゃあ――」

抗議《こうぎ》の言葉が途中で止まる。

目の前には、二人分の荷物を抱えたルグナード。そして。

「不用意に目標の名前を呼ぶな。でないと――」

ルグナードは不機嫌《ふきげん》な顔で自分の後ろを指す。

そこに。

「マドック、って呼んでたよね。さっきの男のこと」

人なつっこい笑みを浮かべ、立っていたのは知らない女。

としはクラウスよりやや下に見える。女というよりむしろ少女か。黒髪で、指先から肩まですっぽり覆《おお》う手袋。

軽装《けいそう》の鎧《よろい》と手にしたゴツい得物《えもの》から、ご同業だと察しはついた。

そういえば、さっきの店にいたような。

「それって、きのう隣町《となりまち》で騒《さわ》ぎを起こした賞金首の男でしょ？　追い込むのなら手伝ってあげる。賞金は山分けでいいから」

手伝ってあげる、と来やがった。

ルグナードは苦い表情で、

「……でないと、こういうおまけがついて来ることもある」

究極《きゅうきょく》の選択《せんたく》。

ふざけるな、と言いたいが、口論《こうろん》などしていたら確実《かくじつ》にマドックをとり逃《に》がす。ならば、と首を縦《たて》に振《ふ》れば、うまくいっても条件を呑んだことになり、金の半分は持って行かれる。

クラウスは助言を求めてルグナードに目をやり——

表情《ひょうじょう》を引きつらせた。

それは。

ついひと月前に出会ったのと同じ感覚。

突如《とつじょ》背筋《せすじ》がおぞけ立つ。

雑多《ざった》なものの混《ま》じり合う、町のにおいにひそかに忍《しの》んだ何か、、のにおいを感じ取り。

それが何のにおいだったのか。わざわざ思い出すまでもない。

「……これって……！」

声を漏《も》らしたのは、しかしクラウスではなく黒髪の少女。

次の刹那《せつな》。

どん、と。

世界が一つ、大きく震えた。

いくつもの。

きしみと何かの崩《くず》れる音と──水の音。

風になまぐさいにおいが混《ま》じる。

聞こえて来るのは遠い悲鳴。

もう間違いない。

恐怖《きょうふ》と怒《いか》りと憎《にく》しみと。暗い情動《じょうどう》に突《つ》き動かされ、クラウスは、きびすを返して地を駆《か》ける。

音の、騒《さわ》ぎの源《みなもと》を目ざして。

その隣《となり》、視界の隅《すみ》に駆《か》け並んだ影は少女のものだった。

大きな得物《えもの》をぶら下げている割《わり》には足が速い。

どうやらクラウスと同じ所を目指すつもりのようだったが──本当に事態《じたい》がわかっているのか？

「おいお前！」

「お前っていうな！」

と、振り向きもせず。

「名前知らねえ！」

「アリサ！」

「何でもいい！　何が起こってるのかわかってるのか!?」

「わかってる！」

ちらりと一瞬《いっしゅん》だけクラウスを見ると、ふたたび前を向き、少女――アリサは言った。

「海が出たんだよね」

と。

あっさりと言われてクラウスは絶句した。

そう。彼女の言う通り。

淵海孔《アビスゲート》が現れたのだ。

この町の中に。

そうとわかっていて、迷わずそちらに向かうというのか。この女は。

町や村の近くに淵海孔《アビスゲート》が現《あらわ》れた場合、そのあとかたづけに協力《きょうりょく》した傭兵《ようへい》などには報奨金《ほうしょうきん》が支払われるのが通例。追いつけるかどうかもわからぬマドックを捜《さが》すより、ある意味確《かく》実《じつ》と言えなくもない。

だがそれはあくまでも、あとかたづけが無事に済《す》めばの話。

リスクと対価《たいか》を考えて、しりごみする傭兵も少なくない中、迷わず向かうというのは、あまり普通とはいえない。

——むろんクラウスとて、人のことは言えないのだが。

先に待つもののことを考えただけで、さまざまな感情が混沌《こんとん》となった塊《かたまり》が、心を熱く沸《わ》き立たせ、じっとしてはいられなくなる。

「くたばんなよ！」

ともに駆《か》けつつクラウスが言えば、アリサは不敵《ふてき》な笑みで振《ふ》り向き、

「あんたもね！」

「あんたって言うな！」

「名前知らないし！」

「クラウスだ！」

この時。

クラウスは完全に失念《しつねん》していた。

「勝手に盛《も》り上がって突《つ》っ走《ぱし》るな——といっても聞こえておらんか全く」

仕方《しかた》なく、荷物《にもつ》を持《も》ってあとを追《お》い来《く》るルグナードのことを。

風に混《ま》じるは血のにおい。

風に混じるは死のにおい。

風に混じるは潮《うしお》のにおい。

皓々《こうこう》と照る月の下、ねばつき淀《よど》む黒い風。

夜はまだ浅く、まだ起きている者も多い。

家々の窓から漏《も》れるランプの明かりが、人の営《いとな》みを示し。

それが――

ぶつり、と途中《とちゅう》で途《と》切《ぎ》れて消える。

先にあるのはたゆたう黒。

月と星と町の灯と。あえかな光を映しちらつく闇色《やみいろ》は、どこまでとも知れぬ深《ふか》みへと続く、水。

もちろん貯水池《ちょすいち》などではない。

物語る。風に混じった潮のにおいが。この場にある惨劇《さんげき》が。

ここは、海なのだと。

――淵海孔《アビスゲート》。

人がそれを忌《い》み嫌《きら》うのは、一片《いっぺん》の慈悲《じひ》もなく全《すべ》てを呑み込むゆえのみではない。

真に忌《い》むべきは、その次に来るものたち。

見果てぬ昏《くら》き深みから、あぶくのごとく浮かび来るもの。

たった今――

人々を蹂躙《じゅうりん》し尽《つ》くしているもの。

ランプの灯りが小さく揺《ゆ》れる。

土台の一部を海に呑まれ、壊《こわ》れかしいだ家の中、ゆらめく光に照り映《は》えて、ぬらりとかがやく青い黒。

残った者はいないかと、部屋の中を探《さが》して歩く。

歩みのたびに響《ひび》くのは、靴音《くつおと》ではなく、ねばつく何かが床《ゆか》を打つ音。

救助者《きゅうじょしゃ》ではない。十か。二十か。あるいはもっと。海辺を彷徨《さすら》う影たちは、ヒトガタとはいえ人には非《あら》ず。

青黒い手が。

泣き叫ぶ子供の頭をわしづかみ、淵海孔《アビスゲート》の淵《ふち》を目ざして引きずり歩く。

ぬめり、ふやけた瘡蓋《かさぶた》のようなその手には、枯葉《かれは》色のまだらがこびりつき。

男が一人、叫び声を上げながらイスを振り上げ、子供を連れ去る影へとうちかかろうとして――

男の体が小さく揺れる。

背中《せなか》から、剣と呼ぶのも禍々しい武器の切っ先が突き出ていて。

男が崩《くず》れる。イスが転がり子供の泣き声がひときわ大きくなり——水音。

それで子供の声は途絶《とだ》えた。

悲鳴と怒号《どごう》と泣き声と。神に祈る声神を呪う声助けを求める声。

——断末魔《だんまつま》。

かれらは悪意。

かれらは人と相容《あいい》れぬもの。

淵海孔《アビスゲート》の現出とともに、深みからわき上がるあぶくのように姿を見せる異形《いぎょう》たち。

海の水にまみれ、てらてらと光るその全身。大きく左右に開いた口。水死体を想《おも》わせる濁《にご》った瞳が犠牲者《ぎせいしゃ》の姿を探《さが》して左右に動く。

頭には濡《ぬ》れた黒髪とも海藻ともつかぬものがはりついて、風にもそよがず。

見知らぬ藻屑《もくず》の衣《ころも》にその身を包み、いびつに歪《ゆが》む珊瑚《さんご》の剣を手にした姿は、まさに人間の醜悪《しゅうあく》な戯画化《カリカチュア》。

かれらはその身に海水《うみ》を纏《まと》い現《あらわ》れて、近くにいる人間たちを、あるいは淵海孔《アビスゲート》へと引きずり込み、あるいは殺して去ってゆく。

淵《アビスフォーム》より来るもの。呪われし邪神の僕《しもべ》。

怯《おび》え震《ふる》える人々を、人とも魚ともつかぬ異形《いぎょう》どもは、濁《にご》った瞳《ひとみ》で淡々《たんたん》と処理《しょり》してゆく。

だが。

人とて決して無力《むりょく》でも無抵抗《むていこう》でもない。

「──好き放題──」

叫び逃げまどう人々の流れをかきわけ、突破《とっぱ》して、クラウスは、手近な異形《いぎょう》に向かって突《つ》っ込《こ》んだ！

「──やりやがって！」

右の手には抜《ぬ》き身の銀《しろがね》。漏《も》らす言葉には揺《ゆ》るがぬ闘志《とうし》。

身を低くして駆《か》け込むと、淵より来るもの《アビスフォーム》のうち一匹に横薙《な》ぎの一閃《いっせん》を送り込む！

異形は咄嗟《とっさ》に防戦《ぼうせん》しようと、珊瑚《さんご》の剣を翻《ひるがえ》し──

だがクラウスの速さはそれを許さない。受けに回った敵《てき》の刃《やいば》をいともたやすくかいくぐり、異形の胴《どう》を薙ぎ撫《な》でて、流れを止めずに夜を駆け、次の異形へ間合いを詰《つ》める！

風のにおいが濃《こ》さを増《ま》す。それは異形の血臭《けっしゅう》か。深淵《しんえん》よりの潮の香《か》か。

二匹目の刃はかろうじてクラウスの剣を受け止める。響くは硬《かた》く高い音。

だがクラウスは止まらない。長剣《ロングソード》の一撃《いちげき》を止められたその時には、すでに左手《ひだりて》は柄《つか》から離れて、腰にさしたもうひと振りの短い刃を抜《ぬ》き放ち、剣《けん》を受け止めた淵より来るもの《アビスフォーム》の肋骨《あばら》の隙間《すきま》に突き入れる！

これで二つ。

引き抜く刃に異形の血しぶき。月光にてらつくそれは赤い色。

しぶきが地に着くより早く。剣士は次を目ざして駆ける！

淀《よど》む夜風をかき乱《みだ》し、月の光を薙ぎ裂《さ》いて。クラウスの刃が夜に舞《ま》い踊《おど》る。

だが異形たちとて知恵はある。

おうぉるうううううううううん
響《ひび》く遠吠《とおぼ》えはかれらの言葉か。手強《てごわ》い相手と見て取ると、人狩《ひとが》りに三々五々《さんさんごご》散っていた淵《アビスフォーム》より来るものたちの一部は、クラウスの方へと向かいはじめた。

あるいは誘《さそ》い、あるいは物陰《ものかげ》を利用してまわり込み。

異形の包囲網《ほういもう》が完成しようとしたその時。

その一角《いっかく》が崩《くず》される。

「はっ！」

夜に響くは透明《とうめい》な声。異形の囲みを後ろから衝き、切り込んで来たのは他でもないアリサ！

しかし——彼女が手にした奇異《きい》な得物《えもの》は何なのか。

長さは自身の背丈《せたけ》ほど。

幅広の片刃の背には、牙のように見える小さなトゲが無数に生えている。

剣というには柄が長すぎて、槍《やり》や槍斧《ハルバード》というには刃が長すぎ柄が短すぎ。

ならばこれは、槍刃《ブレードスピア》とでも呼ぶべきか。

後ろを衝《つ》かれた異形どもは、わずかに列を乱しはしたが、すぐに落ち着きを取り戻し、アリサの方へと向きなおり――

そこにアリサが攻撃《こうげき》を放つ！　淵より来るもの《アビス・フォーム》の胴《どう》を狙《ねら》い、大きな刃を横薙《よこな》ぎに！

クラウスは視界《しかい》の隅《すみ》にその様子を捉え――

アリサの敗北を予感した。

細腕《ほそうで》を見れば非力《ひりき》は明らか。重量のある武器《ぶき》を使った一撃は、あるいは一匹目《ぴきめ》の異形の防御《ぼうぎょ》を圧《あっ》して、仕留《しと》めることも可能《かのう》かもしれないが――

あのパワーでは、スピードでは、そこで止まる。二匹目まで押し破《やぶ》るのは不可能《ふかのう》。

重量のある刃《やいば》を操《あやつ》り、次の一撃をくり出す前に。

押し包まれる。

四方からの刃のえじきになり果てる。

異形どもも、おそらくそう思ったのだろう。アリサとの距離を無造作《むぞうさ》に詰《つ》め――

だが。

ぽりんっ、と。

アリサの口もとから小さな音。

続いて。

「黒の一二三、はじけろ《ヴランプ》！」

号令とともに、槍刃《ブレードスピア》の背《せ》に生えた牙《きば》の三つが爆発《ばくはつ》した！

爆発は刃を加速《かそく》させ、その勢《いきお》いを借りながら、アリサは全身を使って長柄《ながえ》を強引《ごういん》に振《ふ》り回す！

重量に加えて爆発と回転。それは非力なはずの刃に絶大《ぜつだい》な力を上乗せした！

異形《いぎょう》が受けに構《かま》えた刃をたやすくはじき、胴を真横に両断《りょうだん》し、のみならずその勢《いきお》いを消さぬまま、切っ先が描く円の中、踏《ふ》み込んでいた他の異形を薙ぎ払《はら》う！

さらに回転の余力《よりょく》を利用して、武器を流して引きずられるように包囲を抜け出し、クラウスのそばに駆《か》け寄《よ》り止まる。

「――神呪《セレストル》か」

肩を寄せ合い異形に向かって刃を構え、クラウスはアリサにつぶやいた。

神呪《セレストル》。

それは、人が異形に対抗《たいこう》するため、神が授《さず》けた奇跡《きせき》の力。

魔力素《マナチップ》と呼ばれるものを体内に取り込む——ありていに言えば食べることにより、さまざまな現象《げんしょう》を引き起こす。

使うには素質《そしつ》が必要で、何がその有無《うむ》を決めるのかは不明だが、素質を持つ者の数はおよそ四、五人に一人と言われている。

今のは単純《たんじゅん》に、槍刃《ブレードスピア》の背に取り付けられた魔力素《マナチップ》を炸裂《さくれつ》させて推進力《すいしんりょく》と化しただけだが、使いようによっては、さまざまな現象《げんしょう》を操《あやつ》ることさえ可能《かのう》。

「まあね」

とアリサは小さな笑みで、

「あんた——じゃない、クラウス、案外腕《あんがいうで》いいね。けど前に出すぎ」

「余計なお世話だ」

軽口を返し、あらためてそばの少女を見やる。

並《なら》べば彼より頭一つ背《せ》が低い。女性としては平均《へいきん》だが、戦う者としては華奢《きゃしゃ》な体格《たいかく》。

「オレはいいんだよ。ちょっと前に出すぎるくらいで」

そんな二人のまわりに、淵より来るもの《アビスフォーム》たちは再び包囲の輪を完成させつつあった。

「やれやれ」

ルグナードは、ぶら提《さ》げた荷物を適当《てきとう》な物陰《ものかげ》に放《ほう》り込み。

「昔から若者《コドモ》の尻《しり》ぬぐいは大人の仕事だが──」

ぼやきつつ、左手で鎧《よろい》についたホルダーから、ハモニカほどのサイズをした筐《はこ》を取り外す。

「できればこちらの苦労も考えられるようになってもらいたいもんだ」

長辺《ちょうへん》をスライドさせて開けば、そこには、ずらりと並んだ白い粒《つぶ》。

大きさも色も形も、抜け落ちた獣《けもの》の牙《きば》のようにも見える。

それは、アリサの槍刃《ブレードスピア》の背に埋め込まれていたのと同じ──魔力素《マナチップ》。

彼はそれを口もとに持ってゆき、二つ三つをくわえ取り、左手で筐をホルダーに滑り込ませると、伸ばした右の指先で虚空《こくう》に印《しるし》を描《えが》き出す。

ぱりんっ、と乾いた音がして、嚙《か》み砕《くだ》かれた魔力素《マナチップ》。欠片《かけら》はルグナードの口の中で瞬時《しゅんじ》に溶《と》け消えて。あじけないあとくちと、喉《のど》に胃の腑《ふ》に、力が浸《し》み落ちてゆく感覚。

──世界の欠片よ封の端《は》よ

我が身を介し神樹の威《い》を以《もっ》て──

ルグナードの口が紡《つむ》ぐのは神への祈《いの》り。

神呪《セレストル》、という意味では、さきほどアリサが使ったものと同じ。

だが彼女が使った程度の神呪《もの》なら、やり方を教わって練習すれば、素質を持つ者なら誰でもできるようになる。

しかしその力を、陣《じん》や紋《もん》、呪文を使って異なる力の形に変換《へんかん》し、術と呼べるレベルで操るためには、さらなる素質と技術と知識が必要になる。

それらを併せ持ち、さまざまな神呪《セレストル》を操る者――

人はそれを神呪使い《シンガー》と呼ぶ。

ルグナードの無骨な指先が繊細《せんさい》に撫《な》でた虚空《こくう》が、風に波打つ水面のように、目に見えてゆらめき波紋を刻《きざ》む。

――この地に在《あ》るを許《ゆる》されぬ者に糾しの呪《しゅ》を向けよ――

右と左の手を大きくひろげる。

はためきひろがる、幾重《いくえ》にも重ねて着込んだ深紅《しんく》のマント。

その一枚一枚、表裏《ひょうり》には、くまなく数多《あまた》の紋が描《えが》かれ、要所には埋め込まれた魔力素《マナチップ》。

ルグナードの呪に反応し、マントに埋められた魔力素《マナチップ》のうちいくつかが閃光《せんこう》とともに蒸《じょう》発《はっ》し、繋《つな》がる紋に光が走る。

光の紋は虚空に刻んだ波紋と重なり、複雑《ふくざつ》な印《いん》を完成させた。

「月の無い夜空に開く無数の目《ゼグドメア・レルドオウラン》――」

ルグナードの声が響く。

クラウスとアリサを包囲した淵より来るものたち《アビスフォーム》が、動こうとした、まさにその時。

異変《いへん》は起きた。

——いぎぃっ⁉

淵より来るもの《アビスフォーム》が声を上げる。

異形の言葉などわからぬクラウスとアリサにも、それは驚愕《きょうがく》の悲鳴と知れた。

あたりをとりまく淵より来るものたち《アビスフォーム》の、あるいは胸に、あるいは腹に。腕に脚《あし》にその頬《ほお》に。突如《とつじょ》現れ開いたのは、手のひらほどの大きさをしたいくつもの目。

「——なにこれ——」

つぶやく声はアリサのもの。

そして。

ざわりっ、と。

木の葉擦《はず》れにも似《に》た音と共に、開いた目から瞬時《しゅんじ》に伸《の》びた何かが淵より来るものたち《アビスフォーム》の全身を網《あみ》のように覆《おお》い包む！

もしもじっくり観察できたなら、楊枝《ようじ》のように細い細い木の枝が、枝分《えだわ》かれをくり返しひろがり、異形たちの身を縛めているのがわかっただろう。

クラウスは知っている。それが一体何なのか。

後方でルグナードが使ってくれた、援護用《えんごよう》の神呪《セレストル》。

かつて聞いたことがあった。この無数の目と枝は、淵より来るもの《アビスフォーム》たちが体表に薄《うす》く纏った海水に反応して現れ、しばしその動きを封じ込めるのだと。

からめられた淵より来るもの《アビスフォーム》たちの動きが止まる。

「なんでもいいから今のうちだ！　やるぞ！」

吠えてクラウスは地を蹴《け》ると、身動きもできぬ異形《いぎょう》たちへと突っ込んだ。

「わ、わかった！」

ともあれ好機と、アリサもそのあとに続く。

だが。

この場の異形を倒《たお》しただけで、戦いが決するわけではない。

戦いが続く間にも、離れた淵海孔《アビスゲート》では、さらに一匹、また一匹と異形どもが海から陸へと這《は》い上がり続けている。

——この頃になってようやく。

他の傭兵たちや、あるいは町の警備兵たちも参戦しはじめたのか、夜のあちらこちらから、剣戟《けんげき》の音が響《ひび》きはじめた。

悲鳴と怒号《どごう》、どこかから聞こえる戦いの音。

混乱《こんらん》し、どこへ行く気か逃げる者。

そんな中を駆《か》けながら。

——最悪だくそったれ——

マドックは胸の中で吐き捨てた。

わけのわからないことをぬかす、ローウェルとかいう小娘《こむすめ》に雇《やと》われて。

小娘の持っている馬車に一緒に乗って、この町までは来たけれど。

宿を取り夜になると、ローウェルはお供を連れて出ていった。

曰《いわ》く。おしごとをして来ますから、あなたは行儀《ぎょうぎ》良くお留守番《るすばん》を願います。

やっぱりわけがわからない。

ただぼんやりと待つのも暇《ひま》で、酒でも飲もうと、宿にある酒場に一度は足を運んだのだが——ローウェルが取った宿は、マドックにとっては慣《な》れぬ高い宿。そんな場所にある酒場も当然それなりの店。

手付けをもらったおかげで先立つものは十分だったが、お上品なお客様とお上品な内装《ないそう》であふれた店は、どうにもマドックの性《しょう》に合わない。

どこかにいい店は無いかとふらりと宿を出て、なじみやすそうな所を見つけてドアをくぐれば――

そこに、知った顔がいた。

前に、ケチのつきはじめた仕事を受けた時に出会った――たしか、ルグナードにクラウスとかいったか。

あわてて逃げて、そこに起こったこの騒《さわ》ぎ。

何があったかは馬鹿《ばか》にでもわかる。

海が出やがったのだ。よりにもよってこの町の中に。

おかげで顔見知り二人は追うのをあきらめてくれたようだが――だからといって天に感《かん》謝《しゃ》する気にはなれない。

もしもローウェルが、海が出たことにビビって自分を置き去りにして逃げれば、金ヅルと便利な移動手段の両方がなくなる。

なんとかさっさと合流して、こんな町からおさらばしたい所だが、酒場からやみくもに逃げた直後にこの混乱《こんらん》。おかげで自分が今、どこにいるのかよくわからない。

それでもなんとかアタリをつけて、宿があるとおぼしき方に進んではいるが。

おとなしく宿で留守番《るすばん》をしていれば、とか、そもそもローウェルたちは無事なのか、とか、いろんなことが頭に浮かぶが、考えた所で仕方ない。

行けばそのうちひとけは途絶《とだ》え、やがて小さな十字路の手前でマドックは足を止めた。

十字路の角に佇《たたず》むいくつもの影。ざっと見たところ十程度。

全員がローブとフードで、逃げるでもなく、まるで井戸端会議《いどばたかいぎ》でもしているかのように突っ立っている。

その中に少し小柄《こがら》な影一つ。

フードの下から覗《のぞ》く白い顔に、マドックは見覚えがあった。

としはまだ十代半ば。フードを下ろした所を見たこともあるが、よく手入れの行き届《とど》いた金髪《ブロンド》だった。

――ローウェル？　こんな所で――？

何をしているのかは知らないが、知った顔を見つけた安堵で、小走りに駆《か》け寄《よ》りながら声をかけようとして――

気づく。

ローウェルたちがいる所から、ほんの少しだけ離れた、十字路を作る建物の陰――街灯の光が届かぬその場所に、ねじれた剣をぶら下げて佇《たたず》む数個の異形に。

思わず上げたその声に、ローウェルたちと淵より来るものたち《アビスフォーム》、双方がマドックに気がついた。

るぁいいいいいいいいいいっ！

人にはとうてい発音できぬ声を上げ、淵より来るものたち《アビスフォーム》はマドックに向かって剣を構え、マドックもまた――

「待って。味方よ」

マドックに向かってか、あるいはローブの連中に向かってか。声を上げたのはローウェルだった。

緊迫感《きんぱく》のないその口調が、マドックの神経を逆撫《さかな》でる。彼女の場所からサカナどもの姿は見えないのだろうが、いくらなんでも無警戒《むけいかい》すぎる。

「サカナ野郎!?」

見捨てて逃げるか。戦うか。

そんな二択《にたく》が頭の中に浮かんだ、だがその時。

淵《アビスフォーム》より来るものたちが構えを解いた。

――なに……!?

マドックの頭の芯《しん》が凍りつく。

淵より来るもの《アビスフォーム》たちは――人類の天敵《てんてき》たるはずのものたちは――それきりマドックにもローウェルたちにも関心を向けず、いびつな剣をぶら下げたまま、もとの場所で佇んで。

まさか――

マドックの頭に浮かんだのはある可能性。

ローウェルが、味方だ、と言ったあれは。

自分にでも、ローブの連中にでもなく。

淵より来るもの《アビスフォーム》たちに向けての言葉だったのか――!?

佇む淵より来るもの《アビスフォーム》たちに、それでも警戒《けいかい》の目を向けたまま、マドックはローウェルたちの方へとにじり寄る。

そんなマドックに彼女は非難《ひなん》のまなざしを向け、

「なんでこんな所にいるんですか？　宿でお留守番をお願いしたはずですが」

だがどうでもいい小言に取り合う心の余裕はない。マドックは、離れ佇む異形の群れに目をやったまま、

「海が……淵海孔《アビスゲート》が出て……こいつら……なんで……？」

「わかってます」

混乱する彼に、ローウェルはからかうような笑みを向け、

「だから最初から言っているでしょう。海を見に行く──って」

震えて響いた遠吠《とおぼ》えに。

町のそこここで上がっていた剣戟《けんげき》の音が、刹那《せつな》、止む。

「──時間か──!?」

クラウスは動きを止めて吐き捨てた。

深き淵《ふち》よりわき出して、町のあちこちに散っていた淵より来るもの《アビスフォーム》たちの動きが変わる。

侵攻《しんこう》から退却《たいきゃく》へ。

蟻《あり》が巣穴《すあな》に帰るように、自分たちが這《は》い出してきた淵海孔《アビスゲート》へと退いて、次々と水の中へと帰り行く。

終わるのだ。

海の時間が。

突如生まれて異形を吐き出し、地上に災厄をもたらす淵海孔《アビスゲート》。

だがそれも、無限《むげん》の時間、深淵《しんえん》と繋《つな》がり、際限《さいげん》なく淵より来るもの《アビスフォーム》を送り出し続けるわけではない。

ある程度時間が経てば、地表に開いた部分と深みの途中は塞《ふさ》がり、閉ざされる。

ゆえに淵より来るもの《アビスフォーム》たちはそれまでに、ふたたび海へと戻って行くのだ。

たった今、クラウスが相手取っていた淵より来るもの《アビスフォーム》も、後ろににじり退がって退却の姿勢《しせい》を見せていた。

「——終わったかな——」

近くで戦っていたアリサも槍刃《ブレードスピア》の切っ先を地面に突き立てて。

しかし。

クラウスは地を蹴った。

戦意を失い退却の姿勢を見せる異形に向かって。

駆けるつま先で異形の顔に向けて小石を蹴り飛ばし、それを牽制《けんせい》に切り込んでゆく。

相手は小石をあえて頬《ほお》で受け、体勢を保ったままでクラウスの剣を受け止めた。

その瞬間、クラウスの蹴りが異形のみぞおちにつき刺さる。

引いた靴先《くつさき》からは飛び出た刃。さすがに体勢を崩す異形を、今度こそクラウスは返す刃で仕留《しと》めて倒す。

そのままの勢いを借りて、逃げ行く別の異形へと迫る！

「——ちょっ——何やってんの⁉」

「――もういいクラウス！」

アリサとルグナード、二人の制止《せいし》の声にも彼は止まらない。

――ふざけんな――！

胸の奥には暗い熱。

深追いが危険なことくらいわかっている。

だが。

海といっしょに現れて。地上をやりたい放題に荒らして。時間が来たらさようなら。

無事に海まで帰ったら、またどこかに海が現れた時、地上に上がって人を襲う。

そんな連中を、気持ちよく見送ってやる趣味《しゅみ》はない。

一匹でも二匹でも。

今のうちにより多く狩《か》っておけば。

もしも次、どこかに淵海孔《アビスゲート》が現れた時。這い上がってくる淵より来るもの《アビスフォーム》の数を一匹か二匹、減《へ》らせるかもしれない。そのぶん異形から被害《ひがい》を受ける者たちの数を、少しは減らせるかもしれない。

それは可能性というよりは、そうあって欲しいという願望にしか過《す》ぎないのかもしれないが。

ぶっ続けの戦いで、体力は限界《げんかい》に近く、体のあちこちが悲鳴を上げてもいる。それでもなおクラウスは止まらない。止まれない。

さらに一匹。さらにさらにまた一匹。逃げる異形を追い、走り。

半ば瓦礫《がれき》と化した家の角を曲がったとたん。

一層《いっそう》に濃厚《のうこう》な潮のにおいが鼻を突く。

少し先にはひろがる水。

本能に近い部分に刻まれた恐怖がクラウスの足を止めた。

――これ以上は進むな――

意志《いし》は進めと命じるが、足は、体は動かない。

すぐ先の水に、逃げる異形が飛び込んで。跳《は》ねたしぶきのひとしずくが、クラウスの頰《ほお》に飛んで散る。

頰に走るは灼《や》けるような熱さ。

「――くっ――！」

灼熱《しゃくねつ》にクラウスは体の自由を取り戻した。

海の水は、人にとっては毒となる。深みとの繋《つな》がりが途切《とぎ》れれば、ほどなく無害な水になるが、今はまだその毒も健在《けんざい》。

さすがに海が相手では喧嘩《けんか》もできない。クラウスは後ろに退ると海から距離《きょり》を取る。

「……くそっ……」

吐《は》き捨てて、吐息《といき》と共に力を抜いて。

この時はじめてクラウスは、自分が、思ったよりも疲《つか》れていることに気がついた。


馬車の中、車輪の音だけが響き続ける。

マドックにできるのは、ただ沈黙《ちんもく》することだけだった。

町の中に淵海孔《アビスゲート》が現れて。

混乱の中、マドックたちは馬車に乗り込み町を出た。

屋根つきの馬車の窓にはカーテンが下ろされ、外の景色は全く見えない。自分たちが今どこに向かっているのかもわからない。

何もかもわからないことだらけだった。

馬車の中には向かい合わせに席があり、掛《か》けているのは全部で四人。それでも席にはまだ余裕があった。

斜め前ではローウェルが、無防備《むぼうび》に小さな寝息を立てている。

あどけない寝顔は子供のようにさえ見えた。

だが。

——何なんだこの女は——

その思いがマドックの頭を離れない。

さっきの町で。

この女は、淵より来るもの《アビスフォーム》どもとツルんでいた。

何かの術で操っていたのか——とも思ったが、そんな術など聞いたこともない。

なら。

あれは一体何なのだ。

もちろんマドックとて、海のことを、淵より来るもの《アビスフォーム》たちのことを熟知しているわけではない。

いや。彼のみならず。

海とは一体何なのか。淵より来るもの《アビスフォーム》とは何なのか。

その問いに対する答えは無いに等しい。

せいぜいが、神話の中に、おとぎ話めいたものがあるばかり。

マドックも子供の頃、誰かに聞いたことがある。

曰《いわ》く。

善《ぜん》なる神と邪神《じゃしん》がいて、戦いの結果、善の神オーランは、邪神を海に封じた。

封印《ふういん》の杭《くい》として使ったのは無数の大樹《たいじゅ》。封印樹は枝を伸ばし成長し、海から地上へと出た所で朽《く》ちて平らかになり、我等《われら》の住まう樹大陸となったのだ——と。

だがオーランの封印も完全ではなく、名前すら封じられた邪神は、海に自らの僕《しもべ》を無数に生みだした。

それこそが淵《アビスフォーム》より来るもの。邪神の復活を願うものども。

いまだ滅《ほろ》びぬ邪神の力は、時として封印樹の一部を朽ちさせて、朽ち落ちた樹のあった場所には海が現れる。

すなわちそれが淵海孔《アビスゲート》。

邪神の領域。人には決して見ること能《あた》わぬ深淵へと繋がる門。

異形どもは、その時を幸いにと地上に躍り出て、地上に住まう、オーランに祝福《しゅくふく》された民——すなわち人を蹂躙《じゅうりん》する。

ただし、たとえ一つの封印樹が朽ちても、まわりの封印樹から伸び来た枝が、ほどなく深淵へと繋がる道を塞いでなおしてしまう。

それは。

おそらく子供でも知っている話。

おそらく学者でもそれ以上は知らぬであろう話。

人々が海を忌避《きひ》し、遠ざけているがゆえに、研究らしい研究が進んでいないのだ。

だというのに。

ほとんど未知の存在と言っていい淵《アビスフォーム》より来るものと意思《いし》を通じ合うなど。

それに、海を見に行く、とうそぶいた言葉の真意。

「――マックス」

聞きたいことはいくらでもある。が――

「マックス」

呼ばれたその名が、自分の名乗った偽名《ぎめい》だとようやく気づいて、マドックは声の主へと目をやった。

正面の席――ローウェルの隣《となり》に座っているのは、三十がらみの仏頂面。いつもはフードを目深にかぶっているが、今は素顔を晒《さら》している。

短く刈った黒い髪。どこにでも転がっていそうなご面相だが、まなざしだけは隠しようもなく冷え切っていて。

ドレッセン、と名乗っているが、本名かどうかは怪しいものだ。

もちろんマドックも、他人のことは言えないが。

不機嫌《ふきげん》を隠《かく》しもせずにそう問えば、ドレッセンはあいも変わらぬ仏頂面《ぶっちょうづら》のまま、

「──何だよ」

「休める時に休んでおけ」

「──わかってるって」

言い捨てて、ぷいっ、と視線《しせん》をそらす。わからないといえば、この男のこともよくわからない。

何もかもわからない。

だがマドックにもたった一つだけ、はっきりとわかることがある。

それは、自分が何かヤバい所に首を突っ込んでいる、ということだった。

長い夜が明け。

だがそれで、すべてが終わったわけではない。

住人たちは、淵海孔《アビスゲート》の出現によって荒れた町並みの片づけをはじめている。

住む家を、あるいは家族を失った者たちも、それでも明日を生きていかなければいけないのだから。

そしてクラウスたちは──

並んでいた。

「行儀良く《ぎょうぎ》！　順番にだ！　申告《しんこく》は正直にだ！　嘘の申告や二度並びした者は即座《そくざ》に牢にぶち込むからな！」

「騒ぐな！　報奨金《ほうしょうきん》はちゃんと全員に行き渡る！」

町にある警備《けいび》兵詰め所《へいっしょ》の前には、クイが打たれてロープが張られ、警備兵たちが列の整理を行う中、むさ苦しい傭兵たちがずらりと並んでいる。

町や村の近くに現れた淵海孔《アビスゲート》のあとかたづけ——つまり淵《アビス》より来るもの《フォーム》たちの撃退《げきたい》に協力した傭兵などには報奨金が支払われることになっていた。

「けどコレよ。あからさまに人、多くねーか」

朝のやわらかな日差しの中、蛇行《だこう》して続く列の頭から後ろまでを眺《なが》めて、クラウスはつぶやいた。

もちろんクラウスも、昨夜、戦場がどこまで広がって、何人が戦っていたのか、正確に把握《はあく》しているわけではない。

だがどう考えても、並んでいる人数が多すぎる。おそらくは百を超《こ》えているだろう。

「嘘《うそ》の申し立てや、なりすましも多いだろうからな」

と、クラウスの前に並んだルグナード。

嘘の申し立てとは、戦ってもいないのに戦ったと主張《しゅちょう》することだろうが——

「なりすまし、って？」

クラウスの後ろからアリサが問えば、ルグナードはこともなげに、

「傭兵でもない者が、戦いの中で死んだ傭兵の剣や鎧をはがして身につけ、戦ったと申し立てることだ」

「サギじゃない」

アリサが唇をとがらせれば、

「詐欺さ」

と、こともなげにルグナード。

「だがあの乱戦だ。誰が本当に戦って誰が本当は戦わなかったか、調べようはない。仮に調べることができたとしても、調査には莫大《ばくだい》な時間と費用がかかる」

嘘の申告は牢にぶち込む、と警備兵は言っていたが、実際に嘘がばれて捕まる者などほとんどいない。

もちろん、命を賭《か》けて戦った者も、嘘の申告をした者も、もらえる額《がく》は皆同じ。

「なんか納得《なっとく》いかない」

「納得いかないといえば——」

と、クラウスは不機嫌《ふきげん》にアリサを見やり、

「なんでお前が連れみたいな顔してなじんでるのかも納得いかないんだが」

問えば彼女は、きょとんっ、とした顔で、

「え？　だってきのう、いっしょにマドックを捕《つか》まえて賞金山分け、ってことで話ついてるよね？」

「そんな話はついてない」

「えー？　まさか今さら、あれはナシ、なんて言い出すの？　かっこ悪いよそういうの」

「格好《かっこう》悪くないっ！　ない話をないって言ってるだけだろ！」

ムキになるクラウスに、そこが弱点と見て取ったか、アリサは獲物《えもの》を見つけた猫《ねこ》のまなざしでにまりと笑みを浮かべると、

「かっこ悪《わる》くないつもりなんだ。ふーん。はたから見ると、ものすごぉぉぉぉぉっくかっこ悪いけどなぁ」

あからさまな話のすり替えと挑発《ちょうはつ》に、しかしクラウスは顔を朱《しゅ》に染《そ》め、

「格好悪くないって言ってるだろ！　いやむしろ格好いい！」

「……クラウス……」

黙って聞いていたルグナードが、さすがにあきれてたしなめようとしたその時。

ちりちりちりんっ、とけたたましく響《ひび》いたのはベルの音。

全員が黙ってそちらに目をやれば、列の一番前——警備兵詰め所の玄関先に置かれた台の上で、立派というよりおおげさな鎧《よろい》に身を固めたヒゲの男が、手にしたベルの動きを止めて、

「自分が警備隊長《けいびたいちょう》のグレアム＝メスである！　皆、昨夜は淵《アビスフォーム》より来るものどもの撃退協力、ご苦労だった！」

と。

あいさつという名目の話をはじめた。

だが偉い人のあいさつというのは、えてして長話になることが多い。

隊長のあいさつも、ねぎらいの言葉からはじまって、戦う者の心構《こころがま》えがどうのという話になっている。この様子だと、自分の昔の手柄《てがら》話から若い連中への説教《せっきょう》などなどのフルコースに突入《とつにゅう》していく可能性が大だった。

これは長くなりそうだ、と、クラウスが内心うんざりしかけたそんな時。

ロコツに何かを催促《さいそく》するような咳払《せきばら》いは、隊長の後ろの方で聞こえた。

目をやれば、並んだ警備兵たちの中、あからさまに毛色の違う男が一人混《ま》じっていた。

鎧も武器も身につけず。遠目にも、着ている服が上質《じょうしつ》なものだとわかる。

ゆるくウエーブのかかった金髪で、ハンサムといえばハンサムなのだが、よく言えばおおらかそうな、悪く言えばちょっと間の抜けた印象。

隊長は眉《まゆ》をひそめてそちらを向いて、小声で一言二言交わすと、しぶしぶと、一同の方に向きなおり、

「――あー。

ともあれ、よくやってくれた！　ではこれから皆に報奨金を渡す！」

どっ、と歓声《かんせい》を上げる傭兵一同。

――なるほど。

クラウスは勝手に納得《なっとく》した。

たぶんあの金髪は、たまたまこの町に立ち寄っていた貴族《きぞく》のぼんぼんか何か、といったところなのだろう。長話になる気配を察して隊長を止めてくれたらしい。

お貴族様というのは偉《えら》そうにしているイメージがあって、あまり好きではないのだが、今だけはちょっと感謝《かんしゃ》の念を抱いた。

報奨金の受け渡しがはじまって、列は前へと動きだす。

やがてルグナードとクラウス、アリサも順に、小袋《こぶくろ》に入った金を受け取って。列を離《はな》れてすぐに袋の中を覗き込み――

クラウスとアリサは異口同音《いくどうおん》に、

『……あー……』

露骨《ろこつ》にがっかりとした声を漏らした。

すぐ近くでは、それを耳にした警備隊長が怖い目でこちらをにらみつけ、ぼんぼんっぽい金髪《きんぱつ》が笑いを噛《か》み殺していたりするが、クラウスもアリサもそれには気がつかない。

入っていたのは、数日ぶんの食費にはなるだろうか、といった程度《ていど》の額だった。

受け取る者が多ければ、一人あたりの額が少なくなるのは当然の話。町の財政条件《ざいせいじょうけん》やお偉《えら》いさんの気前の良さにより、金額にはばらつきがあるが、命のやりとりに見合うほどのものが出されることはあまりない。

「まあ……こんなものだろう」

ルグナードも、そう言いながらもやや不満げで。

あきらかに割《わり》に合わないが、文句は言っても無駄《むだ》だろう。

アリサはため息ひとつつき、気持ちを切り替え笑顔を浮かべ、

「じゃあさ、やっぱり一緒にマドックを追いかける、ということで」

「またその話かよ」

話を蒸《む》し返すアリサに、クラウスはげんなりとつぶやいた。

マドックにかかった賞金額は、さすがに今もらった報奨金《ほうしょうきん》よりはよほど多いが、地の果てまで追いかけたくなるほどのものではない。

「あいつももう、とっくに町を出てるだろうよ。どこに行ったかもわからない奴を捜《さが》してウロウロするのは御免《ごめん》だぞ」

「じゃあ聞くけどクラウスと——ええっと——」

ルグナードに目をやり、言いよどむ。そういえばルグナードはまだアリサに名乗っていない。

「ルグナードだ」

「ん。クラウスとルグナード——もとい。ルグナードとクラウス」

「——なんでわざわざ言いなおす……?」

クラウスの抗議《こうぎ》をアリサは無視《むし》して、

「二人はこのあと、どこか行くアテは?」

「特にないが」

ルグナードの答えに彼女は微笑《ほほえ》むと、

「じゃあ別に、マドックを捜す方向でもいいよね?」

「しかしな」

ルグナードは金をしまうと、とりあえず人混みから離れて歩みつつ、

「俺たちと出会った以上、クラウスが言ったように、奴はおそらくもうこの町からは出ているだろう。

すぐに見つかるなら良いが、捜すのに手間暇《てまひま》がかかれば出費も増える。それならば他の仕事を探した方がいい」

クラウスとアリサもそのあとについて歩きつつ、

「そういうことだ」

「何を得意げに。

んー……まあそうなんだけど。一旦《いったん》目の前にぶら下がったニンジンが逃げてくのって、なんか腹立つじゃない。

何か手がかりとか心当たりってないの？　相手がどこに行きそうだ、とか」

「ねえよ。そんなもん」

クラウスはにべもなく却下するが、ルグナードは無言で思案顔。

「ひょっとして――あるの？」

「心当たりというより、手がかりが得られるかもしれん、という程度のものだがな」

瞳《ひとみ》を輝かせて問うアリサに、彼は言葉を選びつつ、

「ならこういうことでどうだ？　その『かもしれん』を当たってみて、当たればこちらも考える。だが外れればあきらめてもらう、というのは」

「……ん。わかった」

提案に、アリサは少しだけ考えてから、うなずいた。

「おい叔父……ルグナード――」

露骨《ろこつ》に嫌な顔を見せるクラウスに、しかしルグナードは笑みを向け、

「こういう話にでもせんと、いつまでも食い下がり続けられるぞ。

そもそもこうなったのは、お前が酒場で不用意に奴の名前を叫《さけ》んだのが原因《げんいん》なのだぞ」

「……っ……」

それを言われるとクラウスに返す言葉はなく。吐息《といき》をつくと軽く髪をかき上げて、

「――わかった。わかったよ。

で、その『かもしれん』アテってのは？」

「宿屋だ。それも上等な」

通りを足早に行きながら、ルグナードは迷いもせずに答えた。

宿の玄関を一歩出て。その場で同時に足を止め。

「……当たったな」

「当たっちまったよ」

「当たるもんなんだ」

三人は、半ば呆然とつぶやいた。

ルグナードが目をつけたのは、マドックの身なりだった。

前に出会った時には、いかにも傭兵然とした、良く言えば質実剛健《しつじつごうけん》、悪く言えばむさ苦しい格好だった。

ところが昨夜は、髪も手入れされ無精ヒゲも無く、見るからにおろしたてのローブ。

ルグナードはそれを、雇い主《クライアント》がついたと読んだのだ。

臨時収入があっただけなら、身なりより飲み食いか女につぎ込むだろう。

ならば、クライアントがついて、身だしなみに気を遣わねばならないような所に泊まっているのではないか、と想像したのだ。

そこでまず、この町で一番立派な宿に話を聞きに行き——

いきなり当たった。

風貌《ふうぼう》と身なりからしてマドックとおぼしき男が、他数人とともに部屋を取り、昨夜、海の騒ぎがおさまる頃、自前の馬車で宿をあとにしたという。

「——けどよ。ほら、馬車がどこへ行ったかはわからねえし——」

「何言ってるの」

何かを避けようと言いあがくクラウスに、アリサは白いまなざしを向け、

「ルグナードが馬車の特徴《とくちょう》を聞いてたのは何のため？

ここらじゃああんまり見ない立派な馬車みたいだから、ちょっと聞き込みをすれば、どっちへ行ったか、くらいの話は聞けるでしょ。

その先まで追いかけられるかどうかは、やってみないとわからないけど——」

ぴょこん、と前に跳《と》び出てきびすを返し、ルグナードとクラウス、二人に向きなおり、

「とりあえず。

アテが当たれば話に乗る、って約束だよね？」

「むぅ……」

どうやらこうあっさりと当たりを引くとは自分でも思っていなかったらしく、ルグナードはどこか納得のいかない顔で呻《うめ》いて、

「確かに、約束は約束か……まあ、男二人のむさ苦しい道中よりは華があって良いか」

「あ。でも、エロいことはナシの方向で」

「……ばっ……お前っ！　誰がそんなっ……！」

「ふむ。それは残念」

アリサのからかいに、クラウスはあわてて顔を赤らめて、ルグナードの方は軽く受け流す。

「だが言っておくが、手がかりが途切《とぎ》れて追跡《ついせき》が無理になればあきらめるし、別の大きな稼《かせ》ぎが見つかったらそちらに乗り換える。

うまくいけば賞金額は三人で山分け。

そういうことでいいな」

「うん！　じゃあそういうことで、しばらくの間、よろしく！」

アリサは笑顔で元気に答え。

それが。

三人の旅のはじまりになった。

「それでいきなり野宿ってどういうこと？」

眉《まゆ》をつり上げてアリサは抗議《こうぎ》の声を上げた。

マドックが乗っているとおぼしき馬車のことを聞き込み、この街道《かいどう》に進んだと突き止めて、あとを追って道を行き——

とある村と村との間。

近くを川が流れ、あたりには森がひろがる、そんな場所で。

ルグナードが突然足を止め、今日はこのあたりで野宿をする、と宣言したのだ。

昼というにはやや遅いが、夕暮れまでにはまだ間がある。たしかに野宿をするならば、そろそろ準備をはじめなければならない頃だが——

「このままふつーに進んでも、日暮れまでには次の村にたどり着けるはずでしょ。向こうは馬車でこっちは歩き。時間がたてば差はひろがるんだし、のんびりしてる場合じゃないと思うけど」

「向こうは馬車でこっちは歩き、だからこそ、だ」

道を外れて草地に踏み入り、あたりを見回しながら、ルグナード。

「確かに休めばその分引き離される。だが次の村まで行ったからといって、そこで追いつけるわけでもあるまい。

結局は、向こうが何かで足を止めてくれるまで、追いつくのは無理ということだ。

長丁場になるなら、出費は節約しておくに越したことはない」

「先にあるのがデカい町なら、足を延ばしてみるのもいいんだけどな。何かの仕事が転がってるかもしれないし。

けど話じゃあ小さい村なんだろ？　行くだけ宿代のムダだ」

クラウスも、言いつつ森の方へ向かって。

「……けど……おフロとか……」

すねた顔でつぶやくアリサに、クラウスはこともなげに、

「川で水浴びでもすればいいだろ」

「あ！　早速エロいことしようとか考えてる！」

「考えてねえ！

そもそも、そんくらいガマンしろ！　お前だって傭兵だったら、しばらくフロに入れなかったり服を洗えなかったりすることぐらいあるだろうが！」

「ノーコメント」

デリカシーのない突っ込みに、ぷいっ、とアリサはそっぽを向く。

「スネてろ。オレはたきぎ拾って来る」

クラウスは言い捨てると、森の方に向かって歩いて行く。

ふくれるアリサに、ルグナードは笑みを含んだ声で、

「そう焦るな。宿代の節約の意味はもちろんあるが、やっておかねばならんこともあるからな。

「──このあたりか」

彼は足を止めるとかがみ込み、取り出したナイフの鞘先《さやさき》で、足下の地面を掘りはじめた。

「……ってひょっとして、魔力素《マナチップ》集め？」

「そういうことだ」

アリサの問いに、手を休めずにルグナード。

そんな様子を眺めつつ、クラウスは、森の端で落ちている小枝を拾いはじめた。

地面を少し深めに掘れば、やがて黒土に、大小の白い粒が混じりはじめる。

小石か獣《けもの》の骨にも見えるそれが魔力素《マナチップ》。

神呪《セレストル》に用いる他にも、真水に漬《つ》ければ光を放つ性質を利用し、一般的なランプにも広く使われている。

町や村の近くではさんざん掘りつくされて、かなり深くまで掘らないと出てこないが、こういった場所では少し地面をほじっただけでざくざくと出てくる。

クラウスは子供の頃、なんでこんなものがそのあたりに埋まっているのか、どうにも不思議で仕方なかった。

どうしてなのか、と聞いた時、祖父《そふ》が語ってくれたのは、皆が知っている神話だった。

善の神オーランと邪神の話。

邪神を封じた封印樹。

封印樹が集まり形作る樹大陸。

封印樹が地上に出て朽ちた――その無数の欠片《かけら》が魔力素《マナチップ》。それは人が邪神の僕《しもべ》に対抗《たいこう》できるよう、神がくださった力なのだ、と。

神や邪神の話の真偽《しんぎ》はさておいて、封印樹が地上にさまざまな恩恵をもたらしてくれていることに間違いはない。

淵海孔《アビスゲート》の再封印や魔力素《マナチップ》。場所によっては海底深くから地上へと、さまざまな鉱物《こうぶつ》を運んでくれる。

もちろん一番大きな恩恵《おんけい》は、大地となって世界を支えてくれていることだが。

その上に草木が茂《しげ》り、人が獣が息づいて。

森の中には鳥の声。緑の草葉が風に揺れ。

風にはわずかに、ひんやりとした夜の温度が混じりはじめていた。

クラウスが薪《たきぎ》を集めて戻って来ると、ルグナードの作業は次の段階《だんかい》に入っていた。

地面にどっかりと腰《こし》を下ろすと、羽織《はお》っていたマントを脱いで、針と糸とをちまちま使い、集めた魔力素《マナチップ》をマントの各所に縫いつけている。

術を使う時は派手だが、そのためにはこういった地味な下準備も必要不可欠《ふかけつ》。

次の大きな戦いがいつあるかもわからない以上、前の戦いで使った分は、早めに補充《ほじゅう》しておく必要があった。

それを後ろで立って眺めているアリサに、

「面白いか？　オヤジの裁縫眺《さいほうなが》めてて」

言ったクラウスは、野宿の手伝いをしようとしないのを皮肉ったつもりだったが、彼女は素直に、

「うん。わりと。ルグナード、見かけによらずけっこう器用だし、凝《こ》った縫い方するし」

「見せ物ではない」

針と糸を動かす手は休めぬまま、ルグナードは憮然と、

「それより、できればクラウスといっしょに食料を調達してきてくれ。とりあえずの干し肉や乾パンはあるが、やはり新鮮なものの方が旨《うま》い」

「ん。わかった」

あっさりと答えて立ち上がるアリサに、クラウスは薪をあたりに置きながら、

「やけに素直だな。野宿を嫌がってた割には」

「いやがっても野宿は決定でしょ？　ならせめて、おいしいごはんを食べることでも考えないと」

「気持ちの切り替え早ぇな」

「引きずってても仕方ないし」

言葉をかわしつつ、二人は並んで森へと向かう。

草木に鳥に小動物。その中には食べられるものも多い。

少し奥に行けば小さな湖。水が流れ溜まってできたものなのか、淵海孔《アビスゲート》だった場所が封印樹に浄化《じょうか》されてできたものなのかはわからないが、そこには魚たちの影も見えた。水場としても文句なし。

やがてエモノを追ううちにも、陽はだんだんと傾いて――

夜の帳《とばり》が降りる頃。街道から少し離れた空き地には、灯った明かりが三つほど。うち一つは、ナクアの実の半透明なカラに水と魔力素《マナチップ》を入れたランプ。残る二つはたき火の明かり。

一つのたき火は暖《だん》を取るため。そしてもう一つは――

「そろそろか」

言ってクラウスが、羽織っていた防寒用《ぼうかんよう》のマントをはね上げ、たき火の一方を棒きれで散らして消すと、その中から現れたのは大きな土団子。熱せられ続けた表面は硬《かた》くなっている。

取り出したナイフの鞘先でつついて割れば、宵《よい》の風に肉の芳香《ほうこう》が漂《ただよ》った。

「……うわぁ……」

防寒《ぼうかん》ローブに身を包んだアリサが思わず感嘆《かんたん》の声を上げ、興味津々《きょうみしんしん》眺める中、土団子の硬くなった表面をクラウスがはがしてゆけば、中から緑色の塊《かたまり》が出てくる。

くるんだ緑の葉をさらにはがせば、濃厚な香りがあたりにあふれ出た。

香草《こうそう》をたっぷりきかせた鳥の蒸《む》し焼き。それがクラウスの作った料理だった。ふりかけた塩以外は、全部あたりで調達したものばかり。

「うっわ。うっわ。これ。うっわ」

アリサはそれを指さしながら、めちゃめちゃきらきらした目で、できた料理とクラウスとを交互に見つめ、意味不明の声を上げる。

「落ち着け。いいから」

言いながら、クラウスもまんざらでもない様子。

「すっごい！　見直したよクラウス！　とりえってあったんだ！」

「……気づいてないだろうけど、誉めてないぞそれ」

クラウスは肉を適当に切り分けて、大きな木の葉を重ねた即席《そくせき》の皿によそうと、一緒に焼いたイモを添《そ》え。

「ま、隠し芸程度の腕だけどな。男でもこれくらいの料理《こと》はできる方が格好がつくだろ」

アリサは、視線は料理にくぎづけのまま、それでもこくこくうなずいて、

「すごいよクラウスかっこいいよ！　理想のお母さんって感じで！」

「その格好良さはいらん。お前の肉、小さい奴な」

「ああっ!?　なんでっ!?　ほめたのにっ！　大きいのがいい大きいの！　食べたあと、お礼に歌、歌ってあげるからっ！」

「歌ぁ？」

眉をひそめるクラウスに、アリサはこっくりうなずいて、

「うん。こう見えても、ちょっと大きめの酒場で歌えば、安宿の宿賃《やどちん》にはなるくらいのかせぎは出るんだから」

「マジか」

「ほう。それはぜひ聞いてみたいものだな。クラウス、いいから多めにわけてやれ」

「……あとになって『うそでした』とか言うなよ……」

疑いのまなざしを向けつつ、それでもクラウスはアリサのぶんを少し多めに取り分ける。

お上品とはいえないが、雑談《ざつだん》混じりの旨い夕食。

やがて、鳥の残りが骨だけになってしばし。

夜風に歌が流れはじめた。

満天に満ち降《ふ》る星を背景に。

風が吹き鳴らす木の葉の奏《かな》でを伴奏に。

それは歌詞《かし》を持たないハミング。流れるように、たゆたうように。夜の空気に溶けてひろがる。

たき火とランプの明かりに照らされ、アリサは自らの体を一つの楽器と化して、音の流れを紡《つむ》ぎ奏でる。

静かな深い旋律《せんりつ》に、ルグナードは瞳を閉じて聞き入って。

クラウスは――

「――あ。ちょっとすまん」

声を上げ、音の流れを断ち切って。

「すまん。ちょっと腹の調子が悪い」

「えー。それってあたしの歌が――」

「せっかくいい気分で聞いて――」

アリサとルグナード、二人の抗議《こうぎ》が途中で消えたのは、たき火に照らされたクラウスの顔に、びっしりと浮かんだ汗を見て取ったからか。

「……いや……アリサ、たいしたもんだよお前の歌……悪いな邪魔《じゃま》して……ちょっと顔でも洗ってくる」

言ってなんとか立ち上がり、たき火に背を向け、水場の方に歩いてゆく。

「……だいじょーぶ？」

後ろからのアリサの呼びかけに手を振って応え、歩みを前に進めつつ。

——何だこれ——

クラウスは心の奥でつぶやいた。

本当は腹が痛いわけではない。

原因は、歌、だった。

アリサの歌を誉《ほ》めたのは世辞ではない。綺麗《きれい》だと、心の底から思ったし、これならば彼女の言うとおり、小遣いくらいは十分稼《かせ》げるだろうとも思う。

だが。

綺麗なはずの曲を聞いているうちに、わけのわからない不安が胸の奥から湧いて出て。

それはまるで、目覚めた途端《とたん》に忘れ去る悪夢のように、クラウスの魂《こころ》を締めつけた。

どうにも気分が悪くなり、とうとう声を上げたのだ。

歌が中断《ちゅうだん》した今は、少し気分もよくなっていたが。

――一体何だってんだ……くそっ……！
自分自身のわけのわからない反応に、クラウスは、ただとまどうだけだった――

こいつらは。

一体何をやっているんだ。

脳裏《のうり》の片隅《かたすみ》に影のようにうずくまるその疑問を、しかしマドックは、ずっと口に出せずにいた。

町や村からも、街道からも離れた野原。草木の他には何もないようなその場所に、停まっているのは見た目の違う馬車六台。

うち一台はマドックたちの乗ってきたものだが――どこからともなく集まってきて、それぞれの馬車から三、四人ずつ、ローウェルたちと同じように黒ローブに黒フードの、影《かげ》法師《ぼうし》のような男女が姿を現した。

珍しくもない格好ではあるが、さすがにこの人数全員がこの姿で揃うと、どこか異様《いよう》な空気が漂《ただよ》う。どこかの修道院《しゅうどういん》かここは。

一同はあたりに散ると、何かの書類を手に手に持って、あちらこちらを調べたあげく、やがて地面に何かの紋様《もんよう》を描いた。

それが神呪《セレストル》を使うための紋様《もの》だとはマドックにもわかったが、ではどんな神呪《セレストル》か、というところまではわからない。

影法師たちはそのうち大きな輪になって、呪《しゅ》を唱えて印を切り――

しかし何も起こらない。

「無理ね」

しばしの沈黙《ちんもく》を置いてから、言ったのはローウェルだった。

それをきっかけに影法師たちは集まりながら、

「どこだ問題は」

「樹の規模《きぼ》だろう。砂はザルからこぼれても、石はザルの目を通れない」

「比喩《ひゆ》としての理屈はわかるが、だから規模の問題だと結論《けつろん》づけるのは性急《せいきゅう》だ。まだまだ多面的な検討《けんとう》が必要だ」

「理論上《りろんじょう》、呪《しゅ》の文法と術式《じゅつしき》に問題がないというのなら、魔力素《マナチップ》の規模や使用タイミング、あるいは紋を描く材質の問題ではないのか」

「いや。呪《しゅ》の文法と術式に問題なし、と断言できる論拠《ろんきょ》もない」

「ともあれ成功時との差違《さい》を検討《けんとう》して、しばらくは試行錯誤《しこうさくご》あるのみか」

「しかしその場合、第一目標としてこの方向での効果《こうか》拡大《かくだい》を求めるのは妥当《だとう》なのか」

何やらいろいろ語りはじめる。

マドックは、少し離《はな》れて佇《たたず》んで、彼らの会話を聞き流していた。

いや、正確に言うならば。

聞き流すように努めていた。

ローウェルたちは一体何をやっているのか。やろうとしているのか。

ともすれば。

その疑問に対する答えが、深みから浮き上がり来るあぶくのように、想像として思い浮かびそうになることがある。

だがそのたびにマドックは、あわてて他のことを考える。

答えを知ってしまったら。想像できてしまったら。

自分はもう、どこかから戻れなくなる。

そんな確信めいた予感が、ずっとつきまとっているから。

ローウェルたちに問いただすことなど当然論外《ろんがい》。

佇む影たちを眺めつつ。

マドックは必死で、昔の女のことをひたすら考えていた。

場末の酒場は品のない喧噪《けんそう》に満ちていた。

酒とタバコと油のにおい。大声の語りにバカ笑い。

——少し大きな町にならら、どこにでもこういった酒場はあり、どこも似たような雰囲気なのだが。

そんな店の戸口に近い一角に、三人はいた。

古びたテーブルの上、三つ置かれたカップのうち、二つの中身は酒ではなく水。

あとは小皿に盛られたクラッカー。

「不景気な話だ」

憮然とつぶやくルグナードの向かいでは、クラウスが、小さな笑みを浮かべて髪をかき上げ、

「ぼやいたところで何もはじまらないぜ」

「……なあクラウス、前にも同じような会話をしたことがなかったか？」

「夢でも見たんじゃないのか」

「だとしたら嫌な正夢だな」

「はいはいそこ。不景気な顔しない」

二人の横ではアリサが言って、香りづけに酒を垂《た》らしたジュースをあおる。

「せっかくあたしがおごってあげたんだから。もうちょっと盛り上がる」

恩着《おんき》せがましい言いように、二人は小さくうなずいて、

「うむ。おごってくれて感謝するぞ。クラッカー一皿」

「オレ大好きなんだ。クラッカー一皿」

さすがにアリサはムッとして、

「……文句があるならあたしが食べるけど」

「いやそれは」

「感謝《かんしゃ》しているのは本当だ」

あわてて二人は顔色を変えて言いつのる。

マドックを追いはじめて今日で五日。

彼を乗せた馬車の跡《あと》を見失ってはいないのだが、クラウスとルグナード、二人の路銀がそろそろ危ない。

なにしろ前に淵海孔《アビスゲート》のあと片づけを手伝って、報奨金をもらって以来収入は無し。

途中で何かの小遣《こづか》い稼《かせ》ぎでもできれば話は別だったろうが、そういう話にも出会わず。

――アリサは時々、酒場で歌を披露《ひろう》して小遣いをかせいでいたが、当たり前だが分け前をくれるわけでもない。

「あー……楽で手早く終わってヤバくない儲け話が飛び込んで来ねえかな」

ムチャな夢想《むそう》を語るクラウスを、今回ばかりはルグナードもたしなめず、

「同感だな。

そういえばクラウス、前にお前とこんな話をしていた時ではなかったか？　店のドアが開いてあやつが入ってきたのは」

あやつ、とはもちろんマドックのことである。

クラウスも、そばのドアに目をやって、

「ああ。あの時は、もうけ話が向こうの方から来てくれた、と思ったが——」

と、その時。

店のドアがきしんで開き、入って来たのは男が一人。

クラウスとルグナードが凍《こお》りつく。

入って来たのはマドック——

な、わけはない。

タイミング良くドアが開いたせいで、一瞬、何かを期待してしまったが、客は全くの別人だった。

ローブを纏った、金髪の、知らない男——

でも、なかった。

「おや？　あなた方」

一同に目を止めて、声をかけて来たのは、その金髪の方からだった。

確かにどこかで見た顔なのだが、それがどこでだったのか、クラウスにはどうにも思い出せない。

男はクラウスたちのテーブルに歩み寄り、

「フューペルの町ではご活躍でしたね。――といっても、皆さんは私のことを憶《おぼ》えていらっしゃるかどうか」

三人は沈黙《ちんもく》する。

フューペルといえば、クラウスたちとアリサが出会い、淵海孔《アビスゲート》が出現した町だが……

最初に思い当たったのはアリサだった。

「あ！　報奨金《ほうしょうきん》もらった時、詰《つ》め所《しょ》にいた人!?」

言われてクラウスも思い出す。長くなりそうだった警備隊長《けいびたいちょう》の話を途中で止めた――

「ああ。あの」

貴族のぼんぼんっぽい人、と続けかけて、あやうくそれはのどもとで止める。

「気にはなっていたんですよ。なにしろみなさんはあの時――」

金髪男は、テーブルの上にかがむように身を乗り出すと、声を低めて、

「マドックのことを話していらっしゃいましたから」

『——!?』

動揺は、やはり空気ににじんだか。男はにっこり笑うと背を伸ばし、

「ご同席させてもらってもよろしいでしょうか？　皆さんにとっても悪くないはずの話があるんですが」

三人は顔を見合わせて——

「どうぞ」

ルグナードが、空いている席を目で指した。

「感謝します。私はフォックス＝ゴーン。フォックス、と呼んでもらえれば結構です」

金髪男——フォックスが席につくのを待ってから、クラウスたちもそれぞれが名乗る。

フォックスがあらためて人数分の酒とツマミを注文し。

「話というのは他でもありません」

注文の品が運ばれ、代金を払い。店員がテーブルを離れるのを待ってから、フォックスは口を開いた。

「あなたたちはマドックを追っているようですが。

彼を、できれば生かしたまま捕らえて私に引き渡してもらいたいんです」

その話に、アリサがとまどいのまなざしをクラウスたちに向けて来る。

しかしルグナードは落ち着いたものごしで、

「――ということは。

彼にかけられた賞金額以上のものはいただける、と考えて良いのですな」

「もちろん。

私が今、考えている条件は――」

笑顔でフォックスが提案した条件は、確かに悪くないものだった。

ある程度の支度金《したくきん》は前渡しで、食費宿代などの旅費も出す。

乗合馬車《のりあいばしゃ》を使ってもいいし、場合によっては馬車を借りるのもかまわない。

それとは別に一日あたりの手当てがいくらか。

くわえてマドックをうっかり殺してしまった場合、彼の首にかかった賞金額よりやや多め、生かして捕らえた場合にはその四倍近い額を払う――というもの。

それぞれのあらゆる額が相場より上。

トータルで考えれば破格《はかく》と言っていいだろう。

「こちらで何かの情報を摑《つか》んだ場合、なるべく早くお知らせします。

もちろん、あまり長引くようでしたら依頼をうち切ることもありますし、他の誰かがマドックを捕らえるか殺すかすれば成功報酬は無し、ということになりますが。

——概要《がいよう》はこんな所です」

フォックスはそう言って口を閉じた。

あまりにも良すぎる条件に、三人はしばし呆然《ぼうぜん》として。

「——いいのかその条件で……」

確認というより独り言のようにつぶやくクラウスに、

「もちろん」

と、迷わずうなずくフォックス。

だが一方で、ルグナードとアリサは複雑な顔。

カップを傾《かたむ》け、酒をひと口含んでから、

「わけあり——だな」

とルグナードが問えば、フォックスは涼《すず》しい笑顔で即座《そくざ》に、

「ええ。だからこの金額なんです」

それはつまり——事情は聞くな。余計な詮索《せんさく》は一切無用《いっさいむよう》。仕事が済《す》んだら全て忘れろ。

そういった意味。

流れの傭兵《ようへい》などというものをやっていれば、この手の条件がついた仕事に出くわすことは何度かある。

その場合おおむね、犯罪に関わっているか、でなければ名家の名誉や体面だのに関わっているか、のどちらかである。

前者にうっかり引っかかれば、ふと気がつくと人生のドロ沼《ぬま》に首までどっぷり、ということにもなりかねないのだが。

さて、この件はどちらなのか。

視界の隅《すみ》でフォックスを見ながら、クラウスは考える。

そもそもこの男、名乗っただけで、身分も地位も明かしてはいない。ちょっとした町の警備隊長に苦言を吐《は》ける立場ではあるようだが。

マドックとの間にどんな因縁《いんねん》があるのかも不明。

むろん事情がどうだろうと、マドックが人を殺したお尋《たず》ね者だという点だけは変わらない。とっ捕まえて突き出すことに良心の痛みはないが――

問題は、自分たちがおかしなことに巻き込まれないかどうか。

ちらりとルグナードに目くばせすると、彼はかすかにうなずいてから、

「アリサはどう思う」

「なんでそっちに聞く。」

「レディファーストという言葉ぐらいは知っているだろう」

言われてクラウスは沈黙した。レディファーストという言葉の響きが、ちょっと紳士《しんし》っぽくってかっこよさそうだったから。

聞かれたアリサは、しばらくの間何やら考えていたが、やがて顔を上げ、一同を見回すと、

「受けていいと思う」

「なら決まりだ」

とルグナード。

オレの意見はどーなる。などとクラウスはちょっと思ったりするが、かといって、とりたてて反対する理由はない。

何かにおうのは確かだが、ここで話をつっぱねれば、次にいつ仕事にありつけるかもわからないのだから。

とはいえ黙って聞いているだけ、というのもなんだかアホっぽい。クラウスはフォックスに目をやると、髪をかき上げながら、

「余計なことは聞かないが——必要なことはちゃんと聞かせてくれるんだろうな」

「ええ。もちろん」

彼はテーブルに身を乗り出すと、声を低めて、

「私が今持っている情報によると、マドックの仲間はおそらく四人。うち一人は女、一人は御者《ぎょしゃ》」

「そいつらの素性《すじょう》は」

「不明です。が、最近、トルマレード領《りょう》を縄張《なわば》りにしている裏組織の間で内紛《ないふん》の予兆《よちょう》あり、との噂《うわさ》も聞きます。

そこから想像すると――」

「なるほど、な」

クラウスは納得した。

大きな抗争《ドンパチ》を目前に控《ひか》えて、手配犯や傭兵を取り込んで戦力を充実させている、ということか。

「けどもしそうなら、マドックに手を出すと組織に睨《にら》まれることにならないか？」

「それは大丈夫でしょう。

マドックが組織の重鎮《じゅうちん》ならばいざ知らず。

賞金首と承知《しょうち》の上で、使い捨ての戦力として取り込んだばかりの新入りなら、そこまでの話にはならないでしょう」

「だろうな。その予想が当たっていれば、の話だが」

ルグナードの表情からは、何を考えているのかは読めないが、フォックスの説明に納得していないのは確かだろう。

こういう裏がありそうな依頼の場合、警戒はしておくに越したことはない。

何もなければ杞憂《きゆう》だったと笑えば済むし、逆に何かがあった場合、心構えがあるとないとでは大きく違う。

もちろん世の中、心構えだけではどうにもならないこともあるのだが――

「それで。マドックが今どこにいるとかは？」

身を乗り出してアリサが問えば、答えはすぐに返ってきた。

「最新の情報だと、昨日の時点でレイオンの町へ。そこからどうやら西に向かっているようです」

情報が確かなら、思ったほどには引き離されていないことになる。

「馬車にしては進みが遅いので、ちょくちょく道草を食っているのではないかと思われます。どんな道草なのか、まではわかりませんが」

「……たいした情報網《じょうほうもう》だな」

感心するクラウスに、フォックスは変わらぬ笑みで、

「ええ。早耳だけが自慢でして。腕っぷしに自信があれば、直接仕掛《しか》けることも考えたでしょうけれど。

それで連絡方法ですが、そちらからは経過報告を宿に伝言していただいて、こちらからは適宜《てきぎ》連絡、という形でお願いしたいのですが」

「一緒《いっしょ》には来ないのか」

問うクラウスにフォックスはうなずき、

「ええ。申し訳ありませんが、こちらもいろいろと忙しい身でして。

ともあれ、引き受けていただけて助かります。

諸々《もろもろ》の細かい取り決めはあと回しにして、とりあえず今は前祝い、ということでパーッ

とやりましょう。

もちろん、全部私のおごりで」

おごり、という甘美《かんび》な響きに。

これでクラッカーと水の悲しさからは解放される、と、クラウスとルグナードは、この

時ばかりは心の底からの歓声を上げたのだった。

歌が聞こえる。

流れるように、たゆたうように。

それは歌詞のないハミング。

女の声は、時には強く、時には優しく夜風をふるわせ。

酒場の裏口から夜風の中へとまろび出て、クラウスは、大きく一つ、息をつく。

フォックスからの依頼を受けたその三日後。乗合馬車を利用して、マドックの乗った馬車を追い。

ここ、ウルスの町に到着したのは、日が落ちたのとほぼ同時。

とりあえず宿を取り、聞き込みを兼ねて酒場に入ったのだが——そこでアリサが、歌う、と言い出したのだ。

もちろん、フォックスというスポンサーがついた今、小遣いかせぎをする意味はあまりないのだが、歌はたぶんアリサにとって、趣味《しゅみ》のようなものなのだろう。

——あいかわらず——

彼女の歌を聞くたびに、なぜかクラウスは気分が悪くなる。

自分でも、どういうわけだか全然わからない。

アリサの曲のレパートリーはいくつかあって、もととなる歌があるわけではなく、なんとなく作ったものだとか。どれも綺麗《きれい》なメロディラインで、いい歌だ、とはクラウスも思う。

だが。

彼に限って、聞き続けるとなぜか調子が崩《くず》れる。

ルグナードや他の客たちは普通に聞いているのだが……

小さな頃、馬車で酔ったことがあるが、感覚としてはあれに近い。とはいえ歌で乗り物酔いを起こすなど、ついぞ聞いたことはない。

もちろんそんなこと口には出せず、歌うのをやめろ、とも言えない。

それで結局クラウスは、アリサが歌を披露《ひろう》するたび、ただひたすらがまんしたり、酔ったふりをしてトイレにこもったり——あるいはこうして、裏口などからこっそり抜け出したりしている。

外に出てもアリサの歌はまだ聞こえるが、ひんやりとした夜の空気を胸一杯に吸い込むと、いくらか気分は楽になった。

窓からは酒場の明かりが漏《も》れてはいるが、裏口に面した細い通りは、他に明かりらしい明かりもなく、通りの先には深い闇《やみ》だけがわだかまる。

「――いい歌ね」

突然。

闇の奥から声をかけられ、クラウスはあわててふり向いた。

黒が揺《ゆ》れる。

ゆらめきは、かすかなかすかな明かりの中に、人影となってにじみ出す。

その中で、顔だけが白く浮き上がり。

女、だということは最初の声でわかっていた。

防寒用の黒いローブとフードを纏《まと》った、闇にまぎれるかのような姿。フードの下からは金色の前髪が少し覗《のぞ》いている。

「ああ。いい歌だ」

酒場の壁に背を預《あず》け、クラウスは答える。心の中で、オレには合わないんだけどな、とそっとつけ加え。

女はクラウスの方に歩み寄りながら、

「酒場の中で聞かないの？」

「そういうあんたは？」

「歌に誘われては来たんだけれど、こっちはちょっと事情があって」

「オレも同じく、だ」

「──そう──」

女は言うと、クラウスから少し離れた所で足を止め──

「あー？　仲のいいこってすなこんな所で」

「おいやめろって」

ろれつの怪しい男たちの声は、女が来たのとは逆から聞こえた。

クラウスが目をやれば、そこにはあからさまに典型的な酔っぱらいの二人組。べろんべろんになった一人を、まだマシな一人が肩で支えているという構図は、まさに酔っぱらいの鑑《かがみ》と呼ぶにふさわしい。

どうやらクラウスと女の話し声を耳にして、恋人同士の睦言《むつごと》と勘違《かんちが》いしたらしい。

「いーですなー若いモンは！　道のまん中で見せつけてくれてちくしょー！」

このままからまれるのも面倒である。クラウスは、以前、ルグナードが酔っぱらいをあしらっていたのを思い出して、

「うるさかったっていうんなら悪いな。今ちょっと借金の話をしててな。金返すのを手つだってくれるってのなら、話に混ざってくれていいんだけど」

言ったとたん。

酔っぱらい二人は一瞬沈黙してから、

「道のまん中で不景気な話するなちくしょー！　厄払《やくばら》いに飲み直すぞー！」

「いいかげんにしろってお前も！　——邪魔《じゃま》したな！」

二人はよたよたきびすを返し、もと来た道を戻ってゆく。

そんな様子を見送ってから、女はくすくす笑いつつ、クラウスのそばの壁にもたれると、

「喧嘩《けんか》になるかとも思いましたけど、そういうあしらい方もあるんですね」

「見よう見まね、だけどな」

と、クラウスも笑みを向ける。

明かりが乏《とぼ》しく、はっきりとしたことは言えないが、顔立ちからすると女はクラウスよりも年下だろう。アリサと同じか、もう少し下かもしれない。

なぜこんな時間にこんなところをうろついているのかは知らないが、野暮《やぼ》な詮索をする気はない。

並び佇む二人の上を、アリサのハーモニーがしばし流れて。

どれくらい経《た》ったのか——歌がまだ続いているところから、それほど長い時ではないはずだが——

「こんな所にいらっしゃいましたか」

女——いや、少女が来たのと同じ方から聞こえてきたのは男の声。

ずいぶんと来客の多い裏通りである。

闇からにじみ出たのは、女と同じように、黒いローブとフードを纏った男。

としは三十ほどだろうか。暗さのせいか、えらく仏頂面《ぶっちょうづら》に見える。

どこの町にでも転がっていそうな平凡《へいぼん》な顔だが、どこか冷えたそのまなざしがクラウスには気になった。

少女は壁から背を離し、

「ちょっと、歌につられて」

言えば男は、しばし耳を傾けて、

「いい歌ですね」

「でしょ？」

「ところで——」

と、男はクラウスにまなざしを送り、

「そちらの人は？」

「味方よ」

答えて少女は男の方に歩み寄りつつ、

「酔っぱらいにからまれそうになったのを助けてもらったの」

「助けた、ってほどじゃねえよ」

と、壁にもたれたままでクラウス。

「いずれにせよ世話にはなったようだな。礼を言う。

——さあ。そろそろ」

男が、クラウスと少女に交互に言えば、少女は小さくうなずいて、

「そろそろ時間ね。——じゃあ」

クラウスに目をやった少女の横で何かが揺れる。黒い手袋に包まれた手を振ったのだと気づくのには、わずかに時間を要した。

「ああ。じゃあな」

二人の背中が闇に溶けるのを待たず、クラウスは視線を虚空《こくう》に移す。

やがてほどなく。

震《ふる》える声が夜風に消えた。

どうやらアリサの歌が終わったらしい。

「——さて。じゃあオレもそろそろ戻るか」

一人小さくつぶやくと、クラウスは壁から背を離した。

ほくほく顔でアリサがテーブルに帰ってきたのは、クラウスが戻ってほんの少ししてからだった。

「あー。歌った歌ったー」

おひねりをおさめた小袋は、結構大きくふくらんでいる。中身が小銭ばかりだとしてもそれなりの額にはなるだろう。

どうやら今日も、歌は好評だったようだ。

歌のたびにクラウスが席を外すのは、たぶんルグナードもアリサも気づいてはいるのだろう。

だが何かを察してか、二人は何も聞いて来ない。そのことについてはクラウスも感謝していた。

なぜそうなるのかは自分でもわからないのだし、かといって、はっきりしている部分だけを口にすると、『アリサの歌を聞くと気分が悪くなる』——と、ケンカを売っているようにしか聞こえなくなる。

クラウスは髪をかき上げながら、

「けどたいしたもんだ。これだけは素直に感心するよ。ひょっとしたら、吟遊詩人《ぎんゆうしじん》か何かをやっても食って行けるんじゃないか」

述《の》べた賞賛の言葉に、アリサは笑顔で、

「『これだけは』っていうのがなんか引っかかるけど、ありがと。じゃあここは、好評御礼《こうひょうおんれい》ってことで、クラウスにパーッとおごってもらって」

「うむ。悪くない」

これにはさすがにクラウスもあわてて、

「いや待て。ここは、もうけたアリサのおごり、って所だろ」

「うむ。悪くない」

「えー。なんであたしが」

「……叔父貴《おじき》。他人《ひと》のおごりならなんでもいいのか」

「当然だ。それはそうとその呼び方はやめろ」

堂々たる返答に、クラウスとアリサは目と目で心を通わせて、

「じゃあここはやっぱり――」

「年上がおごる、ってことで」

「いや。それは良くない」

などと軽口を交わし合う。

フォックスというスポンサーがついたのは大助かりだが、だからといって、経費の名目で好きなだけ飲み食いができるわけではない。

さすがにテーブルの上が水とクラッカー、などというもの悲しい状態は解消されて、今は酒とそれなりのツマミが並んでいるが、調子に乗ってハメを外せばそのぶんは自腹ということになる。

「まあそれはそれとして、だ」

ひとしきり軽口をたたき合ったあと、ルグナードはツマミをかき込んでから、

「ちょっと聞き込みをやってくる。お前たちはここで荷物番をしていてくれ」

言うとカップを片手に立ち上がる。

「それならあたしも――」

「いや」

立ち上がろうとしたアリサを制して、

「ここにいてくれ。その方が何かとやりやすい」

とだけ残すときびすを返し、店のカウンターの方へと向かって行った。

その後ろ姿を眺《なが》めつつ、アリサは腰を落ち着けて、

「あたしがここにいた方がやりやすい、って。どーいう意味だろ」

つぶやきに、クラウスはカップを持った手を止めて、

「ああ。ダシに使うんだ」

「だし？」

眉をひそめる彼女に、クラウスは、カップの中身をひと口やってから、

「叔父……ルグナードのよく使う手でな。

一人だけ輪から外れて、『若い連中からつまはじきにされた』みたいなことを言いながら、そこいらのおっさんと話のきっかけを作るんだよ」

「ふーん」

クラウスとアリサがちらりと目をやれば、ちょうどルグナードと、隣に座った見知らぬ親父が、こちらにちらりと目をやる所で、二人の目もとに小さな笑み。

——あのおっさん——

クラウスは内心げんなりとつぶやいた。

表情から予想すると、ルグナードはたぶん『若いカップルに当てられたんで、邪魔者は中座する』とかいった話を作っているのだろう。

むろんそんなこと、アリサの前では口にできないが。

彼はアリサに向きなおり、

「で、いつも、こういう馬車を知らないか、なんてまっすぐな聞き方はしない。情報料に小銭を要求してくる奴もいるからな。

たぶん今度の場合なら——

自分はこんなにもツイてないんだ、って適当な不景気自慢《じまん》をして、その流れで、街道《かいどう》でこれこれこんな馬車に泥水をひっかけられた、って話でもするんだろうな。

相手が例の馬車に見覚えがあれば、『似た馬車なら見たぜ』って話が返ってくる」

「なるほどー。かしこいなルグナード。

じゃああたしたちはここで、仲良さそうにしゃべってればいいんだね？」

楽しげな笑顔をつくるアリサに、クラウスも親愛の笑みで、

「そういうこと。仲良く楽しそうに見えればいいんだから、話の中身はグチでもメシの話でもいい。

——とりあえずここらで笑っとくか」

あははは、と二人で笑い声を上げれば、カウンターでルグナードと隣の親父がこちらに目をやり、苦笑して。

それからしばらく。

クラウスとアリサは仲良さげな外見だけは保《たも》ったままで、最初はルグナードをダシにしたあれこれの話。そこから流れて困った依頼人、なぜか幽霊話に流れて行って、気がつくと食べ物にまつわるイヤな話になっていて。

「割ったとたん、黒紫色したモノがぼちょっ、と落ちやがってよ。卵が中で腐《くさ》ってたんだろうな」

「ひぃぃぃやぁぁぁぁぁぁ……」

クラウスが親しげな笑顔で言えば、アリサも笑顔で細い悲鳴を上げてから、

「……ところでクラウス、ちょっと前から思ってたんだけど、気持ちと表情がズレたまま話をするのってけっこうツラいよ？」

「知ってる。オレもツラい。

けどこれもルグナードのサポートのため。仕事だ仕事」

「しごとかぁ……そう言われるとなー」

二人がひきつり気味の笑みで語り合ううちにも、ルグナードは時折、あちらからこちらへと、席と話し相手とを替えて。

それでもやがて、何人めかとの談笑を終え、クラウスたちのテーブルに戻って来ると、席につくなり眉をひそめ、

「お前ら笑いっ放しで気持ち悪いぞ」

『言うにことかいてそれかっ!?』

第一声で努力を全否定《ぜんひてい》されて、思わずハモるクラウスとアリサ。

だがルグナードは淡々《たんたん》と、

「二人とも最後は笑顔が引きつっていたぞ。

無理に笑わんでいい。ああいう時は自然でいいんだ自然で。

それはそうと――

案外、早くカタがつくかもしれんぞ」

「それって――」

「ということはつまり――」

テーブルに身を乗り出す二人に、ルグナードはうなずくと、

「今日の夕方。この町で、それらしい馬車を見た奴がいた」

「この町で!?」

思わず声を上げたクラウスに、ルグナードは小さくうなずくと、

「ああ。この町だ。

だがまずは落ち着け。くどいようだが大声を上げるな。

本当にその馬車なのかどうか。当たりなら、どんな奴が何人乗っているのか。マドックが一人で行動することはあるのか。

仕掛けるならそういったことを確かめてからだが、何かの拍子《ひょうし》に機会が来るかもしれん。心づもりはしておけ。

ともあれ明日はそのあたりの調査を——」

ルグナードの言葉を途中で遮《さえぎ》って。

どんっ、と一つ。

響いた揺《ゆ》れに、酒場は刹那《せつな》沈黙した。

クラウスはもちろん知っている。

それが何を意味しているのか。

だが。

こんな。

他の客たちもおのおの居場所で凍《こお》りつき——

「え？　また海が出たんだ？」

その硬直を解《と》いたのは、アリサがこともなげに言ったそんな声だった。

酒場がざわつく。恐怖と混乱に。

クラウスは、がたんっ、とイスから立ち上がり、

「……嘘だろ……」

叫んだつもりだった自分の声は、しかし小さくかすれていた。

淵海孔《アビスゲート》。

それは本来、しょっちゅう現れる現象《もの》ではない。

一つの地方で十年に一度か二度、あるかどうかといったところか。人によっては一生そんなものと縁のないまま過ごすこともある。

クラウスたちのように、広い範囲を流れていれば、ニアミスをする確率も当然高くはなるのだが――

いくらなんでも、この短期間で何度も発生時に居合わせることなど普通ありえない。

なおかつそのうち二度までが、町の中で、など――

だが、ありえないと言い張ってみたところで、現実が変わるわけもない。

「――くそっ！」

毒づくと、クラウスは、傍らに立てかけてあった剣を取ってきびすを返す。

「クラウス！」

「――ちょっ――!?」

後ろでルグナードとアリサの声。それを無視してクラウスは、店のドアノブに手をかけて――

「待て！」

その腕を取って止めたのはルグナード。

「逸《はや》るな！　俺達が今優先するのは――」

「放せよ！　海が出たんだぞ！　すぐにあいつらが来る！　奴らを！　たとえ一匹でも多く！」

止められて、クラウスの頭に血が昇る。ふりほどこうともがいても、ルグナードは手を放さずに。

「行くなと言っているのではない！　先走りするな、冷静になれということだ！」

「オレはっ……！」

冷静だ、と言いかけて、やめた。

そうでないことは自分でもわかっている。

だが、心が言うことを聞かない。一匹でも二匹でもより多く、淵より来るもの《アビスフォーム》たちをこの世界から消し去りたい。どこか心の奥深く、どす黒い所から次々とわき上がり続けるその衝動《しょうどう》を、どうすればせき止められるのか。クラウス自身にもわからない。

「一人で先走れば無駄死にするぞ！　十の敵を倒せても、倒れればそこで終わりだ！　なら生きて、戦い続けた方がより多くを倒せる！」

「……わかってる……」

力を抜くと、肩で大きく深呼吸。衝動はおさまらないが、それでもだいぶマシにはなった。

「なら状況を見て策《さく》を練り、連携《れんけい》しろ。一人で走るな。

——アリサ。手を貸してくれるな」

ルグナードが振り向き、問えば、

「いいよー」

と、すでに、槍刃《ブレードスピア》を手にした少女の、あまり緊迫感のない返事。

「なら、行くぞ」

ルグナードの言葉にうなずくと、三人は、揃《そろ》って店をあとにした。

夜をひと足進むたび、潮《しお》のにおいが強くなる。

逃げ来る人波に逆らい進めば、自然とそこにたどり着く。

海の領域《りょういき》。異形《いぎょう》の蹂躙《じゅうりん》する世界。

しばらく前にも見た光景。

違うのは町並みと——最初から三人が連携していること。

街灯の立つ通りの途中。分かれ道で三人は三方に散った。

クラウスは正面、アリサは左、ルグナードは右。

それぞれ適当に戦って、向かい来る異形の数が増えれば、圧《お》されるそぶりを見せて来た道を少しずつ戻り、やがて最初に分かれた場所で合流する。

そのまま全員で少し退《さが》れば、おびき寄せられた淵より来るもの《アビスフォーム》たちがぞろぞろと、一つの道に集まって来る。

異形の中には罠《わな》だと気づいた者もいただろうが、もう遅い。

クラウスとアリサより後ろに退いたルグナードは、すでに神呪《セレストル》の準備を終えている。

夜の中、逆立つ赤毛と重力に逆らいなびくマントとが、解き放たれんとする力を蓄《たくわ》え薄い光を纏っていた。

「よし！」

「あとお願い！」

異形の先頭集団をおしとどめていたクラウスとアリサが同時に飛び退き、それを合図にルグナードは一撃を解き放つ！

「数多の角持つ獣の蹄《トラガルド・イクシオ》！」

はじけた音はまさに雷鳴！

マントに染め抜かれた儀式方陣《ほうじん》から生まれた無数の雷《いかずち》は、地面と平行に虚空《こくう》を貫《つらぬ》き、異形の群れを貫いた！

大気の焦げるにおいが刹那、潮のにおいをうち消して。

いくつもの異形が断末魔《だんまつま》の痙攣《けいれん》さえも許されぬまま倒れ伏す。

相手は整列していたわけではない。今の一撃で実際に倒れたのは、おそらく十にも満たないだろう。しかし浮き足立たせるには十分。

ルグナードが、再び神呪《セレストル》の準備をはじめるそぶりを見せれば、淵より来るもの《アビスフォーム》の一部はあわてて退《ひ》きはじめ、一部は逆に、そうはさせじとルグナードを目ざして突っ込んで来る。

だがその前には、立ちはだかるクラウスとアリサ！

焦り強引な突破を図《はか》る異形たちを、クラウスの剣が、アリサの槍刃《ブレードスピア》が薙《な》ぎ払う！

それでも三匹ばかりが二人を抜いてルグナードへと押し迫り、ねじくれた珊瑚《さんご》の剣をふりかざし——

逃げず踏み込むルグナード。

マントを割って薙ぎ上げた、その右手にはひと振りの斧《おの》！

を叩いて砕く!

淵より来るもの《アビスフォーム》の肋《あばら》から顎先《あごさき》までを裂《さ》き上げて、返しふり下ろす斧の背で、異形の頭蓋《ずがい》

しかし異形のもう一匹がまわり込み、ルグナードに向かって剣をくり出し——

がぎんっ、と響く硬い音。

ねじくれた珊瑚の剣は、ルグナードの左手に在《あ》る斧で受け止められていた。

手斧の左右二刀流。大柄なルグナードならではの力業。

そして。

ルグナードは、斧を握《にぎ》った左手の指先をはじく。

はじかれた小さな欠片《かけら》は、対する異形の顔に飛ぶ。

小さく速さも無いそれは飛礫《つぶて》とさえ呼べぬ。このままでは牽制《けんせい》にすらならないが——

ルグナードはその口に、すでに魔力素《マナチップ》をくわえていた。

がり、と噛《か》み砕《くだ》き、

「はじけろ《ヴラップ》」

瞬間。

かけらは異形の、文字通り目の前ではじけた!

ごくささやかな炸裂《もの》だったが、顔面で食らえばさすがにたまらない。のけぞる異形を右

手の斧でうち砕く。

それを見た残る一匹は、さすがに警戒《けいかい》して脚《あし》を止め——がくんっ、とよろめき、倒《たお》れ伏《ふ》す。

うつぶせに倒れたその首筋《くびすじ》には、クラウスが投げ放った小さなナイフが突《つ》き立っていた。

クラウスは目前の敵《てき》を相手にしながら、なおかつルグナードの状況《じょうきょう》を見て、援護《えんご》の投擲《とうてき》を放ったのだ。

「器用な真似《まね》を」

ルグナードは苦笑してつぶやくと、次の魔力素《マナチップ》を口に含《ふく》んだ。

何匹目かの淵《アビスフォーム》より来るものを斬《き》り倒し、クラウスはおもむろに剣《けん》を腰の鞘《さや》におさめた。

戦いが終わったわけではない。大きく数を減《げん》じたとはいえ、あたりに残る異形《いぎょう》はまだいる。

舐《な》められたとでも思ったか、駆《か》け来る一匹を、抜刀《ばっとう》とともに斬り伏せる。

居合《いあ》い斬り——のようにも見えるがそうではない。

剣は相手が人であろうと異形であろうと、斬れば斬るだけ切れ味は鈍《にぶ》る。

骨《ほね》に当たって刃が欠けることもあるし、どうしたところで血や脂《あぶら》が刀身に纏《まと》いつき、刃

の影響は見過ごせない。

　重量《じゅうりょう》で断《た》ち割《わ》る斧《おの》や大剣ならばともかく、鋭《するど》さが優先《ゆうせん》する得物《えもの》では、その影響は見過ごせない。

　クラウスはその対策に、鞘の鯉口《こいぐち》に、発条《バネ》と小さな砥石《といし》とを組み合わせたものを仕込《しこ》んでいた。一度抜き差しするだけで――さすがに切れ味を完全復活《ふっかつ》させるのは無理《むり》だが、血《ち》脂《あぶら》をざっとこそげ落とすくらいのことはできる。

　乱戦《らんせん》の中でその動作をすれば、結果として居合い斬りのような形になるだけの話。

　一連の攻防《こうぼう》で、おびき寄せた異形たちはほとんどいなくなっていた。倒した数も少なくないが、ひるんで逃げ出した敵も多い。

　数が減ればさらにそのぶん、残った異形たちもなおひるみ。

　クラウスの抜刀斬りが一匹を仕留《しと》めた、それを機に。

　残る五、六匹の異形たちも、ついに退却《たいきゃく》へと移る。

「追うぞ！」

　クラウスが声を上げれば、

「追うのか……」

「えー……？」

と心強い返事。

「追うんだよっ！」

言って答えも待たぬうち、かまわずクラウスは地を蹴《け》った。

相手にしていられるか、とばかりに逃げる異形たち。うち数匹に目をつけて、クラウスは追撃を開始する。

逃げに徹《てっ》するか迎撃《げいげき》するか、半端《はんぱ》な迷《まよ》いを見せていた最後尾の一匹に追いつくと、一合《いちごう》すら刃を合わせず切り伏《ふ》せる。

ほとんど足を止めさえせずに、そのままさらに追撃を続ける。待ち伏せに備《そな》えるため油《ゆ》断無《だんな》くあたりに視線を走らせながら通りを行き――

――？――

クラウスの足が、ひたり、と止まる。

たった今。

駆け抜けた道の左にあった細い路地。

その奥に、見おぼえのある影が佇《たたず》んでいたような気がして。

ローブにフード。そう。さきほど酒場の裏で出会った少女と男のような。

もちろんそれは、どこでも見かける格好《かっこう》ではあるのだが――

視界に入ったのは刹那《せつな》。何かの見間違いかもしれないが、逃げそこねた誰かかもしれない。

気になって、少し引き返して目をやれば、路地の奥には確かに、黒いローブとフードに身を包んだ影《かげ》。

見間違いではなかったが——その数はざっと十程度。井戸端《いどばた》会議でもしているかのように、逃げるでもなく佇んでいる。

異様《いよう》な光景ではあったが、深く考えるより先に、クラウスは声を上げていた。

「何やってる！　早く逃《に》げろ！」

声に一団は、びくりっ、とこちらの方をふり向いて——

距離もある。ぽつりぽつりと街灯はあるが、路地の奥は薄暗《うすぐら》い。

しかし。

ふり向いたうちの一つ。ローブの下から覗《のぞ》く白い顔。

クラウスの目に、それは、あの少女に見えた。

「——どうした？」

後ろからルグナードに声をかけられ、一瞬《いっしゅん》そちらに目をやって、

「ああ。人が——」

言いつつ視線を路地の奥へと戻せば——しかしそこには闇《やみ》ばかり。

横道でもあって立ち去ったのだろうか。ならばなぜ、それまであんな所で突《つ》っ立《た》っていたのか。

これではまるで、クラウスが声をかけたせいで逃げたようにも思える。

「人が——どうした」

追いついたルグナードとアリサは、同じ路地に目をやって。

「誰もいないけど」

「……ああ。さっきはいたんだけどな。もう逃げたらしい」

釈然《しゃくぜん》としない気分で、半ば自分を納得《なっとく》させるためにつぶやく。

そうこうするうちに気がつけば、追っていた淵より来るもの《アビスフォーム》たちはすでにどこかに逃げていた。

町のあちこちからいまだ戦いの音と気配は届いて来るが、三人のいるあたりにはもう、人も異形も見あたらない。

「ルグナード！　アリサ！　戦場を移すぞ！」

「仕切るなぁ」

「張《は》り切るのはかまわんが、ペースは考えろ。海の時間が終わるまではまだ長い」

「ああ。わかってる」

説教を受け流し、どちらに向かおうかとあたりに視線を巡《めぐ》らせて——

クラウスの目が止まったのは、つい今しがた、人影を見た路地でだった。

誰もいなくなったはずの場所。

そこに佇み在《あ》る影は——

「……なんだ……？」

つぶやいた、まさにその瞬間《しゅんかん》。

影が、消えた。

いや。消えたようには映《うつ》ったが、クラウスは見て取っていた。

二階建ての建物同士にはさまれた路地。影はその路地を、瞬時《しゅんじ》に上へと登ったのだと。

「なんかいるぞ！　退《さ》がれ！」

吠《ほ》えて退がれば、ルグナードとアリサも大きく後退《こうたい》し。

そこに。

路地の上——屋根近くから飛び出た影が、たった今までクラウスたちの立っていた場所に着地する！

小さな地響《じひび》きと——そして飛沫《しぶき》のはねる音。

「……何……これ……？」

アリサのつぶやきが皆の気持ちを物語る。

それは——何と表現したらいいのだろう。

高さは、室内なら天井に触《ふ》れるほど。

尺取り虫《しゃくとり》が身をちぢこまらせたような本体には、血管か葉脈を想わせるねじくれた筋《すじ》が無数に走り、クラウスたちに向いた部分には——顔、なのだろうか。開いた目と口に見えなくもない三つの黒い孔《あな》。

体の左右には、脚《あし》の長い蜘蛛《くも》のそれにも似《に》た脚が七、八本ずつ。これが、壁と壁との間を素早《すばや》くよじ登る、という芸当を可能にしていたのだろう。

こんな獣《けもの》がいるという話は聞いたこともない。

だが。

その全身は、伸ばした指ほどの厚さの、ぬめり波打つ水の膜《まく》で覆《おお》われていて。

淵海孔《アビスゲート》が出現したのと時を同じくして現れた。

ならば素性《すじょう》も想像がつく。

「まさか……こいつも……」

警戒《けいかい》の色を孕んだクラウスのつぶやきに、ルグナードは、相手から目を離さぬまま、

「たぶん――そうなのだろうな」

「――淵《アビスフォーム》より来るもの――」

槍刃《ブレードスピア》を構えてアリサ。

今まで戦ってきた魚人型の淵《アビスフォーム》より来るものとは大きく異《こと》なるその姿。どんな攻撃をして来るのか、どう攻めてよいのか見当もつかない。

だがむろん相手は、こちらの心構《こころがま》えを待ってはくれない。

大型の異形はクラウスたちに向かってまっすぐ突《つ》っ込《こ》んで来た！

数多《あまた》の脚が地を蹴るたびに、ばぢゃぢゃぢゃっ、と、水を叩《たた》き散らす音が立つ。人の全力疾走《しっそう》をはるかに超えるその速さ。相手の巨体《きょたい》を考えれば、ぶつかればただでは済《す》むまい。

だがそちらに向かってクラウスは地を蹴った！

あれこれ考えたところで、実際に戦ってみないことには相手の出方もわからない。ならまず自分が先陣《せんじん》を切る！

剣を抜き放ち、轢《ひ》き潰《つぶ》される直前に右へと跳《と》んで突進コースからわずかに離れ、脚の一本を薙《な》ぎ裂《さ》いた！

返ってきたのはおかしな手ごたえ。

剣は確かに脚を捉《とら》え——しかし纏《まと》った水が粘《ねば》り刀身にからみつき、さらにその下、脚を覆《おお》った硬《かた》い甲殻《こうかく》に阻《はば》まれて、刃がはじかれ流されたのだ。

「——くっ——！」

すぐさま剣を引き間合いを取れば、続いてアリサが仕掛けるところだった。

槍刃《ブレードスピア》を横だめに構え、身をひねり、

「黒の一二三四五！　青の一二三四！　はじけろ《ヴランプ》！」

言うと同時に大地を蹴る！

魔力素《マナチップ》の爆光《ばっこう》は、槍刃《ブレードスピア》の背《せ》と——そして、彼女の鎧《よろい》の背中で閃《ひらめ》いた！

刃と自らを一気に加速し、異形の向かって左側を駆《か》け抜ける！

槍刃《ブレードスピア》は向かって左にあるすべての脚を薙ぎ払《はら》う！　水のクッションがあるせいで、切断・破壊には至《いた》らぬが、相手のバランスを崩《くず》すのには十分だった。

片方全部の脚を払われ、異形の体がぐらり、とかしぐ。

地響きと水音を立てそのまま倒れ、いきおいで道の上を滑《すべ》り進む。

形から見て、一旦《いったん》横倒しになれば自力で立つのは難《むずか》しいだろう。ならば今が攻《せ》め時と、クラウスとアリサはきびすを返し、異形に向かって——

駆け寄ろうとしたその時。

大型の異形はしかし、いともたやすく、ひょこりっ、と起きた。

クラウスは一瞬自分の目を疑《うたが》って足を止める。

――今――

何がどうなった？

普通なら、脚を曲げ伸ばしして全身のバランスを取り、身を起こす。それが当たり前だろう。

なのに今あれは、そういった動作らしきものは一切なしに起き上がったのだ。

まるで――見えない大きな何かに、つまんで起こされたかのように。

だがそこに。

「百の尾を持つ獣の影《リガルド・ロクシオ》！」

ばぢっ！

ルグナードの放つ雷撃《らいげき》が突き刺さる！

さきほど淵より来るもの《アビスフォーム》の群《む》れに放ったものより規模《きぼ》も威力《いりょく》も小さいが、それでも人が相手なら黒コゲにするほどの威力はある。

だがその術を受けてなお、異形は小ゆるぎさえしない。脚を動かし向きを変え、ルグナードの方へ突進《とっしん》した！

ルグナードは駆けて大きく間を取り、かわし、

「クラウス、アリサ、一旦退いて策を練る！」

二人に合流しつつ声を上げる。が。

「冗談《じょうだん》じゃねえ……！」

提案に、クラウスは呻《うめ》いた。

こいつも淵より来るもの《アビスフォーム》なら——倒すべき相手なら——

「逃げるなんて格好《かっこう》悪いこと、できるかよっ……！」

瞳に闘志《とうし》と敵意を込めて異形を見やる。

しかしルグナードは重ねて、

「勘違《かんちが》いするな！　逃げるのではなく策を練る、と言っている！」

「策を——？」

それはつまり。

何か考えがある、ということか。

異形がこちらに向きなおる。また突進して来るつもりだろう。

クラウスとしては淵より来るもの《アビスフォーム》に背を向けたくなどないのだが——

「……わかった」

「りょーかい！」

二人の返事を合図にして。

三人と異形は同時に動き出す！

クラウスたちが横手の路地に駆け込むと、それにやや遅《おく》れて、異形があとからやって来る。

突進の時に比《くら》べればかなり速度は落ちているが、それでも人の足で振り切れる速さではない！

ばぢゃぢゃぢゃ、と、飛沫《しぶ》く足音が、背後から少しずつ距離を詰めて来る。

「追いつかれるぞ！」

「心配いらん！」

クラウスの声に答えると、先頭のルグナードが角を曲がる。迷わず続くクラウスとアリサ。

そこにあったのは平屋建《ひらやだ》ての民家《みんか》。ルグナードはその玄関先《げんかんさき》に向かって駆《か》けるとドアノブに手を伸《の》ばした。

「――おい――！」

思わず声を上げるクラウス。

確かに異形の上背では、民家のドアはくぐれぬだろう。

だがドアにカギがかかっていれば――ほんのわずかでももたつけば、確実に三人まとめて撥ね飛ばされる。

ルグナードはノブに手をかけ――

開いた。

カギはかかっていなかったのだ。

三人続けて飛び込んで。直後その玄関先を、足音とともに巨体が通り過ぎる。

最後尾のアリサがあわててドアを閉《し》め、内側からカギをかけて。

一度だけ。

そのドアに何かがぶつかり、みぢり、と鳴った。

誰かの家を勝手に奥へと行きながら、

「カギ、かかってたら、どうする気だったんだよ！」

クラウスが、息を整えつつ今さらながらの抗議《こうぎ》をすれば、

「かかっているわけはない」

奥に進みながら、ルグナードはあっさりと、

「すぐ近くに海が出たのだ。普通は取るものも取りあえずに逃げる。戸締《とじ》まりを気にして

いる余裕《よゆう》は無いだろうさ」

言われてみればその通りだが。

逃げ出す前、家人は起きていたのだろう。あちこちに、真水に魔力素《マナチップ》を浸《ひた》したランプが置かれていて、室内を明るく照らし出している。

ルグナードは裏口に向かっているようだが、クラウスが肩越しに玄関《げんかん》の方をふり向けば、閉まったドアは沈黙《ちんもく》し。

いやな予感が背中を走る。

「待てルグナード！　あいつ、どこにいる！」

「あきらめて他の所に行った……んだったらいいなぁ……」

自信なさげなアリサの言葉。

ルグナードも足を止め、

「あんなものにしつこく狙《ねら》われる心当たりはないが――確かに、裏口から出た先で待ち伏せされていた、などというのは御免《ごめん》だな」

「けどほんとにあれも淵《アビス》より来るもの《フォーム》……なんだろか？」

つぶやくアリサにルグナードは難《むずか》しい顔で、

「このタイミングで現れた上、水を纏っている以上、淵海孔《アビスゲート》から来たご同類に間違いはあるまい。

形から大きさから、ああも違っているものを、同じように呼んでいいのかどうかはわからぬが、な。

昔、近所の年寄りに、普通の淵より来るもの《アビスフォーム》と違うものもいる、という話を聞いたことがあったが……ボケていたわけでも法螺《ほら》でもなかったか」

「いずれにしてもどうぶっ倒すか、だ。

ルグナード、作戦は？」

クラウスが問えば、ルグナードは重々しくうなずいて、

「まず確かめたいのだが。

クラウス、アリサ、奴の脚を斬った時、手応《てごた》えはどうだった」

問われて、アリサとクラウスは順に、

「たぶん水みたいなものなんだろうけど、表面の透明《とうめい》なのが、刃にからみついてくるみたいな感じで勢《いきお》いが消されて……」

「その下の脚もかなり硬かったな。胴体は知らないが……オレの得物じゃあ、あそこに届かせるのは骨《ほね》だろうな」

剣などで本体に斬りつけようとするならば、左右からは脚がジャマになる。正面からで

は刀身をくり出す前に轢《ひ》き潰《つぶ》されるし、スキを突けば後ろからは届くが、普通にやれば前向きに駆けられて距離を取られて不発に終わる。

馬上槍《ランス》のような長く頑丈《がんじょう》な武器でもあれば、相手の突進力を逆に利用することもできるかもしれないが、アリサの槍刃《ブレードスピア》では長さも丈夫さも少々心もとない。

「そして俺の雷術《らいじゅつ》も効《き》かぬ、か……別の種類の術ならばどうかわからぬが、そう何度も試《ため》させてはくれんだろう」

と、ルグナード。

クラウスの知る限り、ルグナードは炎を生む神呪《セレストル》も使えるはずだが、表面を水で守られたあれに、たいして効《き》くとは思えない。

「今のところあれは、単純《たんじゅん》な突進しかして来ておらんが、俺たちにはまだ見せていない手を持っている可能性もある」

「じゃあどうするの？」

「案は、あるにはあるが――」

アリサの問いに、ルグナードは、ちらりと視線をクラウスの方に走らせて、

「クラウスには少々、辛抱《しんぼう》してもらうことになる」

「ああ。聞かせてくれ」

クラウスの返事にためらいは無い。

「――怒《おこ》るなよ」

「怒らねえよ」

即答《そくとう》に、ルグナードは小さくうなずいてから、

「隠《かく》れてやりすごす」

「ちょっと待てぇぇぇっ！」

「ほら怒った」

なぜかしたり顔のルグナードに、クラウスは顔を朱《しゅ》に染《そ》め、

「怒るに決まってんだろ！

さっき、策はあるって言ったじゃねえか！

オレが聞いてるのはあいつをぶっ倒す方法だ！　負けないための作戦じゃねえ！」

「だからだ。

俺が言っているのは勝つための策だ」

「勝ってねえだろ！　隠《かく》れてるだけなんだからよ！」

だがルグナードは真面目《まじめ》な顔で、

「思い違いをするなクラウス。

ではこの戦いで、勝つとはどういうことだ」

突然問われて、とまどいながらも、

「そりゃあ……連中を一匹でも多く――」

「違うな」

ばっさりと切って捨てられる。

「どれだけ敵を倒したところで、淵より来るものたち《アビスフォーム》を全て滅《ほろ》ぼせるわけではない。こちらは海の中まで攻めては行けんのだからな。

基本的《きほん》にこちらは防戦《ぼうせん》。防戦で勝つというのは負けないこと、つまりは相手を勝たせないことだ」

「……相手を勝たせない……？」

眉をひそめるクラウスに、ルグナードはうなずいて、

「そうだ。

淵より来るものたち《アビスフォーム》の目的は、開いた淵海孔《アビスゲート》が閉じるまでの間に一人でも多くの人間を殺すこと。そう考えていいだろう。

なら、それを防げる――海が閉《と》じるまでの間に、少しでも被害《ひがい》を抑《おさ》えることがこちらの目的だ。

相手を倒すのは、そのための手段《しゅだん》に過ぎん。戦って、殺されれば向こうの利。被害を出さずに時間を潰せばこちらの勝ち。そのためベストの手段を考えろ」

理屈《りくつ》はわかる。が。

「だからって！　隠れてるってのは違うだろ！」

「全部が終わるまで隠れようと言っているのではない。奴をやりすごし、数多くいる普通の淵《アビスフォーム》より来るものたちを倒せばいい。無論《むろん》、あのデカブツを倒せるのならそれに越したことはない。何か案があるなら聞かせてくれ」

「戦わなきゃあ相手の手の内もわからないだろ！」

「だが時間切れを狙うという戦術がある以上、それをせず、危険を冒《おか》して戦ってまで相手の力を探る必要は無い。

倒さなければならぬ相手と倒した方がいい相手は区別しろ」

「――けどよっ……！」

「盛《も》り上がってる所悪いんだけど」

クラウスの呻《うめ》きを遮《さえぎ》り、アリサの声が割って入る。

警戒のまなざしを上に向け、
「音、聞こえない？」
言われて耳をすましてみれば——
ぎしり、ぎしり、と何かのきしむ小さな音は頭上から。
全員が。
たぶん同じ予感を抱《いだ》いただろう。
「二階に誰かいるのかな……？」
アリサの言葉の、誰か、の部分だけがわずかに強いのは、上にいるのが人以外の何かで
あって欲しくない、という願望の現《あらわ》れか。
「けどここ平屋だったよな……」
とクラウス。
ぎしりっ。と。
足音が一瞬だけ止まり。
ぎしぎしぎしぎしぎしぎしぎしぎしぎしぎしぎしぎしぎしぎしぎし！
あからさまに異常な速さで一同の頭上に到達《とうたつ》する！
『——!?』

本能的に危険を察し、三人が裏口の方に駆けだしたのと全く同時に。

ばリンッ！

突如鋭い何かが十ばかり、天井《てんじょう》を貫《つらぬ》き、下がる！

白っぽいその切っ先は、床の近くまで届いていた。もしも真下に立っていたら、というのはあまり考えたくはない。

穴だらけになって脆《もろ》くなった天井がきしんだ悲鳴を上げ——

三人が裏口にたどり着く。内側からカギがかけられていた。

派手な破砕音《はさいおん》を立て、天井の一部が崩《くず》れ落ち——

ルグナードがカギを開けてドアノブを握《にぎ》り。

折れて破《やぶ》れて降り落ちた材木の上から落ちてきたのは——

ドアを開ければそこは夜。潮《しお》のにおいと薄い闇。そして背後の廊下《ろうか》には。

——異形。

「やっぱりあいつか！」「何今のとがったの⁉」「追いかけ回されるのなら相手は女がいいのだが」

口々に言いつつ三人は夜の中にまろび出る。

一同の背後でふたたび響く飛沫《しぶ》く足音。それに混じって——

るふうるるるるるるるるるる……

のどの奥で水を転がすような声がする。

大型の異形が上げる異音を耳にして。

「左に跳べ！」

響いたルグナードの声に、反射的にクラウスとアリサも従った。

瞬間。

ひゅふっ、と風を貫《つらぬ》く音。

夜のかすかな光の中で、細く細く長く長い何かがずっと後ろから、たった今まで三人のいた場所を貫いたのが見て取れた。

それはすぐに縮《ちぢ》んでゆくが、じっくりと観察している場合ではない。

三人はそのまま通りを少し行き、別の路地へと駆け込んで、

「何だ今の!?」

「あいつの攻撃!?」

クラウスとアリサの上げた声に、先頭のルグナードはふり向きもせず、

「慌てるな！　ただの攻撃法術《こうげきほうじゅつ》だ！　奴らの使う攻撃型の神呪《セレストル》だと思えばいい！」

「そんなの使えるんだっ!?」

「それはむしろ慌《あわ》てるぞっ！」

「深術《アビスハウル》というらしい！」

「そんな豆知識《まめちしき》はいらん！」

クラウスは吠《ほ》える。

大型の異形の武器はやはり、巨体《きょたい》と突進だけではなかった。最初に使わなかったのは、クラウスたちをなめていたのか。

あのスピードに防御力《ぼうぎょりょく》。加えてそんな術を使うとなれば。

「ヤバいんじゃないかコレひょっとして⁉」

「今さら気づいたのかクラウス！」

軽口《かるくち》で返すルグナード。余裕《よゆう》があるのかヤケなのか、どちらなのかはわからぬが。

後ろで何かの壊《こわ》れる音。

ドアを出入りできそうにもない巨体だが、攻撃の術を使うなら、民家の出入り口を壊して通ることなど造作《ぞうさ》もないだろう。

やがてほどなく、背後《はいご》に足音が迫る！

クラウスたちは路地を駆け抜け道へ出て――

馬のいななき車輪の響き。

ちょうど横手から駆けてきた馬車とぶつかりそうになり、クラウスたちはあわてて左右に散った。

突然のことで向こうの御者《ぎょしゃ》も驚いたのか、たづなさばきを誤《あやま》って、馬車の轍《わだち》が大きく乱《みだ》れる。

馬車に轢《ひ》かれるのはなんとか避《さ》けたが、クラウスはすぐに思い出す。あれに追われていたことを。

このままでは馬車も巻きぞえ。

「早く逃げろ！」

御者に向かってそう叫び——叫んだあとでようやく気づく。

栗毛《くりげ》の馬の二頭立て。模様《もよう》などない黒塗《くろぬ》りで。

その馬車が、マドックが乗っているとおぼしき馬車の特徴《とくちょう》と、ひどく一致していることに。

しかしあれこれと考えるより先に。

夜風が動いた。

クラウスたちを追っていた異形は、路地を飛び出すと勢い余って、轍を乱した馬車に向かって突っ込んで——

だが衝突《しょうとつ》するその直前。

異形の纏う水が動いた！

全身を均一《きんいつ》に覆っていたそれは、一瞬もとの形をまるきり無視して、まるで無数の脚のように伸《の》びると自身の体を跳ね飛ばす！

異形は再び水を纏いつつ、そばの家の壁にぶつかり転がって。

馬車はなんとか体勢を立てなおし、そのまま駆けて去ってゆく。

一同は呆然《ぼうぜん》とその光景を眺《なが》め——

最初に我に返ったのはルグナード。

「今のうちだ！　行くぞ！」

呼びかけられて我に返り、三人は、別の路地へと走り込む。

——けど今のは——

駆けながら。

クラウスは、ひととき異形への敵意さえ忘れ、自分が見たことの意味を考えていた。

大型の異形が、馬車を避けたように見えた。

自分が傷つくのをではなく、まるで、馬車を傷つけるのを嫌ったかのように。

そんなことがありうるのか——

思いつつ行く後ろからは、もう足音は聞こえなかった——

暗い夜も、やがては明けて朝が来る。

そこにあるのは、最近見たのと似《に》た光景。

住人たちは、荒《あ》れた町並みの片づけをはじめている。道ばたでうずくまる人々は、単に休んでいるだけか。あるいは昨夜何かを失い、絶望しているのか。

そんな通りを宿の方へと行きながら。

「けどなんか、追いつめた、って感じだね」

言うアリサの声はわずかにたかぶっていた。

昨夜あのあと。

結局、大型の異形とはもう出会わず、一同は魚人型の淵より来るもの《アビスフォーム》たちと何度か小競《こぜ》り合いをして、そのうちに海の時間は終わった。

そうなると、あの大型の異形の存在そのものが、何かの夢だったのではないか、とさえ思えて来るのだが——他にもあれを見た者はいたらしく、ほうっておいても噂《うわさ》は耳に飛び込んできた。

……家よりデカいとか、目を見たら死ぬとか、いろいろ尾鰭《おひれ》はついていたが。

いずれにしても、あれはどうやら、海の時間が終わるとともに淵《ふち》へと帰ったらしい。

クラウスたちは深夜というか夜明け前、取っていた宿に帰ってひと眠り。

朝、目がさめたら警備兵《けいびへい》の詰め所に並び、淵より来るもの《アビスフォーム》撃退協力の報奨金《ほうしょうきん》を受け取ると、続いて、馬車の足取りを聞き込んだ。

宿に帰って、依頼主《いらいぬし》、フォックスあての伝言を残す必要があるが、それが済めば追跡再開である。

「確かに距離が詰まったことは事実だな。

だが、ある意味ではここからが本番だ。

マドックもおとなしく捕《つか》まってはくれんだろうからな。

まず間違いなく戦いになる。

倒すのならばともかくとして、生け捕《いど》りとなると少々骨《ほね》だろう。

相手がどれほどの腕前なのかもわからぬのだからなおさら、な」

宿に向かう道を行きつつ言うルグナードに、アリサは不思議《ふしぎ》な顔をした。

「腕前がわからない、って……知り合いなんでしょ？」

「前に仕事でちょっと一緒になっただけだからな」

と、アリサの疑問にはクラウスが、いつものクセで髪《かみ》をかき上げながら、

「その仕事も途中で流れて、結局あいつの戦いっぷりは見られず終《じま》いさ。

つまり、やってみなけりゃわからない」

もちろん――昨日出会った大型の異形とは違い、人間にできることしかやって来ないのは確かだが。

「つまりは油断するな、ってことね。了解。

とりあえず、宿に伝言残したら。乗合馬車か何かで早く追いかけよ」

伝言、という言葉に、クラウスは表情を曇らせて、

「――なあルグナード。その伝言のことだけどな……

、、、どこまでを伝言するんだ？」

「どこまで、とは？」

とぼけるようにルグナード。

「だから。

淵海孔《アビスゲート》が出たこととか、デカい淵より来るもの《アビスフォーム》が出たこととか」

問いにルグナードは、クラウスの方を見もせず、

「俺たちが頼まれたのはマドックの確保《かくほ》だ。それ以外のことは必要あるまい」

「けどよ――」

言うべきか否《いな》か――わずかに迷ってから、それでも結局、クラウスは口を開いた。

「前の町。この町。
マドックの——あの馬車の行く所に淵海孔《アビスゲート》が出て——」
「クラウス」
ルグナードの静かな呼びかけには、しかしどこか有無を言わせぬ響きがあった。
「俺たちが頼《たの》まれたのはマドックの確保だ。
たとえそこに、どんな裏事情があろうと、だ。
マドックに関すること。それ以外は必要あるまい」
そう。
フォックスは最初から言っていたのだ。
わけありだ、と。
それを百も承知《しょうち》で仕事を受けたのならば、余計な詮索《せんさく》は無用。
「わかってる……」
クラウスも、ただ前だけを見ながら、
「いや——わかってるつもりだった。
どこかの誰かの裏のごたごたに、好《この》んで首を突っ込むつもりはなかった。
会ったこともないお偉《えら》いさん方や俺《おれ》と関わりのない裏の世界で生きてる連中が何をしよ

うとどうなろうと知ったことじゃない。

けどな。

もし――

海が絡《から》んでるとなれば話は別なんじゃないか？

かかわりあいがない、じゃあ済まなくなってくる」

「――クラウス――」

「昨日《きのう》のデカブツな。馬車に当たる前に飛び退《の》いただろ。

もしも――そんなことありえないとは思うけど――もしも――」

「クラウス！」

ルグナードは声を荒らげ足を止め。

つられて止まり、ふり向いたクラウスに、刹那《せつな》、厳《きび》しい視線を向けて。

やがて小さくため息をつくと、

「ならばなおさら、報告はできんだろ」

「――そうか――そうだな――」

クラウスも肩の力を抜いて、そして二人は再び歩き出す。

「……え……ええっと……」

途中《とちゅう》から、二人に圧《お》されて半歩下がっていたアリサはようやくおずおずと、

「けどまあほら、馬車と海とが何かで関係してるっていう、決定的な確証があるってわけでもないし」

「まあな」

と、クラウスは肩の力を抜く。

二度、マドックの——いや、馬車のいた所に海が出たのも、単にごく低い確率《かくりつ》の偶然《ぐうぜん》なのかもしれないし、大型の異形が馬車にぶつかるのを避けたのも、クラウスたちが気づいていない他の理由があって跳《と》んだのが、そう見えただけかもしれない。

そんな、偶然に偶然が幾重《いくえ》も重なるのと。

クラウスが考えたようなことがありうるのと。

比べてみれば、まだ前者の方が可能性が高いような気はする。

だが、一旦思いついた、ありえぬはずの想像は、頭のどこかにうずくまり、クラウスの心に影を落とすのだった——

しばらく前の自分が笑える。

屁《へ》ほどの賞金をかけられて、知り合いが殺しに来て。

その程度のことで、最悪だと嘆《なげ》いていた。

自嘲《じちょう》の笑みを浮かべつつ、マドックは夜の町を一人歩く。

ローウェルの取ったお上品な宿を、夜中にこっそり抜け出して、町のうらぶれた通りをあてもなく。

通りには申し訳程度にぽつりぽつりと街灯が立ち、光の当たらぬ所の暗さを一層際《いっそうきわ》だたせている。

あれが最悪？　阿呆《あほう》か。最悪というのは今の自分のことをいうのだ。

そんなことを考えて、マドックは、ふと足を止めた。

あの時は、あれが最悪だと思っていた。

今は、これが最悪だと信じている。

ならひょっとしたら——

自分に想像ができないだけで、これ以上の、本当の最悪があるのかもしれない。

そう考えると妙におかしくて。

夜の片隅《かたすみ》で足を止めたまま、マドックは、くつくつと小さく笑った。

通りすがりの酔《よ》っぱらいが、おかしな目で見ながら通り過ぎてゆく。少し前の彼ならムカつくところだが、今はそんなものどうでもいい。

最初、マドックに何も語らなかったローウェルたちは、しかし最近は、彼にいろいろなものを平気で見せるようになっていた。

別に見たいとも思わないものを。あれこれと。

信頼されはじめた——という感じではない。たぶん、どうでもよくなってきたのだろう。

昨夜も。あの町でも。

隠すでもなく、いらぬものを見せられて。

ローウェルはずいぶん上機嫌だった。はじめてうまくいった、と無邪気《むじゃき》にはしゃいで。

マドックの方はもちろん、あんなものを見て喜ぶ気にはなれなかったが。

——自分が善人《ぜんにん》だなどとは思っていない。

傭兵《ようへい》など人を殺していくらの商売《しょうばい》だと思っているし、基本的には赤の他人がどうなろうと知ったことではない。

銭金《ぜにかね》のもめごとでいきおいで人を殺したし、賞金目当てに自分を狩《か》りに来た昔の知り合いを殺した。あとあじは悪いが、良心が痛《いた》むというほどでもない。

ろくでなし、ごろつきと言われれば腹《はら》は立つが否定《ひてい》はしない。

だが。

そんなマドックから見ても、あれは——

……今夜は飲もう。

安い酒場で。強いだけの安い酒を。

結局自分には、それがお似合《にあ》いなのだろう。

マドックは夜の下町をあちらへこちらへ、ふらりふらりと漂《ただよ》い歩き——

そして——出会った。


愕然《がくぜん》と。

クラウスとルグナード、二人は思わず足を止める。

「え？　何？　どうしたの？」

わずかに遅《おく》れてアリサも足を止め、二人と、そして彼らの視線が向く先に佇《たたず》む男に目をやった。

——クラウスたちは馬車を追い、ここ、カルコサの町にたどり着いて宿を取り。

あちらこちらで聞き込みをした結果、ちょっと面倒《めんどう》なことになった。

この町にはどうやら、似たような馬車が何台かあるようなのだ。

今までたどって来た道筋《みちすじ》は、立派《りっぱ》な屋根つき馬車がしょっちゅう通るような所ではなく、ゆえに目立っていたのだが——

この町は、近くに大きな湖もあり、あたりをおさめる領主《ロード》、ターシュ侯《こう》の城下町との連絡も良いせいか、貴族や金持ちの別荘地《べっそうち》になっている。屋根つき黒塗《くろぬ》り二頭立ての馬車など、そう珍《めずら》しいものではない。

もちろん直接《ちょくせつ》見てみれば、それが昨夜目にしたあの馬車と同じかどうかはわかるだろうが、そこまでの調査には至《いた》らず陽が暮れて。

調査は明日早くからにしよう、と、途中《とちゅう》で適当《てきとう》に夕食を済ませて宿へと帰るその路上。

一行がばったり出くわしたのが――

「マドック！」

叫んだ時には、クラウスは地を蹴っていた。

羽織《はお》っているのはありきたりな黒いローブだが、その顔に間違いはない。

「え⁉　こいつが⁉」

後ろでアリサの上げる声。

マドックは舌打ちとともにローブの前をひるがえす。

中から放たれた銀の光を、クラウスは左手袋の背で受け払い、足もゆるめず間合いを詰める！

クラウスの革手袋は、あちこちに刃物を仕込《しこ》んだおかげで、ちょっとした手甲《ガントレット》ほどの丈夫さがある。小さな投げナイフ程度《ていど》のものは通さない。

だがマドックは、翻《ひるがえ》した自分のローブをもぎ取ると、ひろげて放ち、クラウスの視界を遮《さえぎ》った！

あわてて足を止めるクラウス。ローブの目くらましが逃亡《とうぼう》のためか反撃《はんげき》のためか、わからぬ以上は迂闊《うかつ》には突っ込めない。

布が視界を遮《さえぎ》ったのは一瞬《いっしゅん》。

その一瞬でマドックは、身を翻して駆《か》け逃《に》げていた。

マドックは胸回りを革の軽装鎧《けいそうよろい》で覆《おお》い、両手に無骨な手甲《ガントレット》。小さなナイフくらいは隠し持っているかもしれないが、目立った武器《ぶき》は手にしていない。

三人はともにその背を追いながら、

「アリサ！」

「何⁉」

クラウスは、あることをアリサに確かめる。

「ひょっとしててめえ！　マドックの顔知らなかったな！」

「まあねー！」

即答《そくとう》に、ひざから力が抜けそうになる。

たった今。マドックを目にして、アリサはそれが誰なのか気づかなかった。

なら、そうとしか考えられない。

最初に酒場で出会った時、アリサは、マドックを見て、ではなく、クラウスが叫んだマドックの名前を聞いて行動を起こしたのだ。

先でマドックが角を曲がる。

「どうよこの女!?」

クラウスがルグナードに問えば、彼はしかし眉《まゆ》をひそめ、

「まさか、今までそのことに気づいていなかったのか!? クラウス!」

「気づいてたのかよ叔父貴《おじき》!」

追う三人も角にたどり着く。見ればさらに一つ先の角を、マドックが曲がるところだった。

「なぜアリサがしつこく俺たちを誘《さそ》った!?　相手の顔を知っているなら一人で捜《さが》せばいいだろう!」

「そーゆーこと!」

「お前はしたり顔すんな!」

角を曲がればそこにはしかし、マドックらしき姿はなく。

それでも三人は足をゆるめず駆けながら、

「手分けするぞ！」

「オッケー！　見つけたら口笛《くちぶえ》で合図ね！」

「お前が仕切るな！」

三人は適当《てきとう》な所で、思い思いの方向に。

あるいは右へ。あるいは左へ。一人駆けつつ、クラウスは夜に耳を澄《す》ます。

自分の足音。呼吸の音。風がどこかで木の葉を揺《ゆ》らし、酔《よ》っぱらいたちの騒《さわ》ぐ声が遠い。

鋭《するど》い風鳴り。

クラウスは半分カンで横に跳ぶ。何かがどこかに当たる硬い音。

見やれば少し離れた壁のそば、地面に落ちた短い矢。

ぴゅいっ、と短く合図の口笛一つ。二人が来るのにどれほどかかるか。アテにはせずにあたりに視線を走らせる。

街灯などほとんどない暗い通り。だが目を凝《こ》らす必要はなかった。

クラウスのやや後ろ。物陰《ものかげ》にひそんでいたマドックは、奇襲《きしゅう》が失敗したと悟《さと》るや身をひるがえして走り出す。

——逃がすか——

追って駆けつつクラウスは、鎧に隠し仕込んでいた小さな金属片《きんぞくへん》の一つを抜き取り、投げ放つ！

投げナイフと呼ぶのにすら小さすぎる刃には、軽量化《けいりょうか》のために小さな穴が開いており、そこに布を細く裂《さ》いたものをゆわえつけてある。

刃礫《ビット》と呼ばれるその武器は、本来護身用《ごしんよう》のもの。威力《いりょく》も射程《しゃてい》もあまり無いが、持ち運びには便利で、シロウトが投げても割と当たる。

狙いはマドックの腰のあたり。そこなら当たっても致命傷にはならず、運が良ければ動きを鈍《にぶ》らせられる。

走りながらの不安定な姿勢で放った刃礫《ビット》は、しかしまっすぐ、マドックの背中に吸い込まれ――

「ぐっ！」

マドックが小さく呻《うめ》いた。

刃は、ズボンのベルトをかすめて背骨に当たっていた。たぶん、ちくり、とはしただろうが、たいした痛手《いたで》は与えていない。

だがその、ちくり、は、マドックの怒りを誘《さそ》うには十分だった。

「ガキがっ！」

吠えてふり向きざまに、マドックが手甲《ガントレット》の先をクラウスに向ける！

闇と風を裂《さ》く銀光は二つ。

クラウスは一つをかわし、一つは身を低くして鎧で受けはじく。

——そういう仕掛けか——

クラウスは悟る。

おそらくマドックは、手甲《ガントレット》の中に、発条《バネ》で飛び出す矢を何本か仕込《しこ》んでいるのだ。

あのサイズの手甲《ガントレット》に仕込んでいるなら、威力《いりょく》も発射回数も知れている。かといって無論、当たってやるわけにはいかないが。

今のは投げナイフを放つと同時に、仕込みの矢を飛ばしたのだろう。二つのかすかなきらめきを見て取っていなければ、どちらかを食らっていたかもしれない。

クラウスは、刃礫《ビット》を二つと一つ、抜き取って、反撃のために一瞬足を鈍《にぶ》らせたマドック目がけて投げ放つ。

マドックはそれらをたやすくかわし——

瞬間、クラウスの指が小さく動く。

指先の操作で軌道を変えた刃礫《ビット》は横手からマドックへと向かう！

「!?」

風音で気配を察《さっ》したか、マドックは反射的に左の腕で宙を薙《な》ぐ。その手甲《ガントレット》にからみついたのは刃礫《ビット》と――それについた糸。

「なんだっ⁉」

声を上げて左手を振りたくるマドック。

クラウスは普通の刃礫《ビット》にまぎれさせ、一つだけ、糸のついたものを放ったのだ。

昼間でも目立たぬ黒糸を、夜に見て取るのはまず不可能。

鋼樹《こうじゅ》の皮を細く裂き、膠《にかわ》で煮《に》固《かた》めた糸は細く、強い。刃物を使えばさすがに切れるが、幾重《いくえ》にもからんだら、力まかせに引きちぎるのは難しい。

クラウスは、腕を振って毒づきもがくマドックとの距離を一気に詰める！　剣の柄《つか》に手をかけて――

マドックが右手をクラウスの方に向ける。

仕込み矢と見切って身をひねる。読み通り、頭の横を風切り音が貫《つらぬ》いて。

だがその瞬間。

「十の顔《ロウ》持つ獣《ガルド》の足跡《レクシオ》！」

マドックが解《と》き放ったのは雷の神呪《セレストル》！

「――なっ――⁉」

マドックは毒づきもがいていたのではなく、そう見せて、呪《しゅ》を唱《とな》え印を結んでいたのだと、今さら気づいても遅い。

矢をよけた直後で体勢が定まらない！　強引に身をひねり、なんとかかわそうとするものの――

ばぢんっ！

全身に痛みがはじけ散り、吹っ飛んで、背中《せなか》から地面にたたきつけられる！

一撃は、鎧の胸に当たっていた。

致命傷ではない。もともと威力のない術なのか、鎧が防いでくれたのか、命どころかクラウスの意識を奪《うば》うにも至っていない。

しかし痛みと痺《しび》れとが、クラウスの体から自由を奪《うば》っていた。倒れた視界の中、駆け寄るマドックの右手にナイフが見て取れる。

だが。

マドックの瞳が小さく揺れた。

彼は直前で足を止め、クラウスの腹《はら》を踏《ふ》みつける。

ぐふ、とせき込む彼を見下ろし、

「──わかったかガキ」

右手の刃《やいば》をちらつかせながらマドックは、

「オレがここでナイフを使ってりゃあ、お前はくたばってるんだよ。弱《よえ》ぇくせに調子こくな」

見上げてにらむクラウスに、侮蔑《ぶべつ》のまなざしを向け、

「なんだその目は？　一丁前《いっちょまえ》に腹でも立てたか？

腹が立つってなら、そうだな。二日後に、ダイラスに来てオレたちを止めてみやがれ」

……何の話だ……？

問おうにも、いまだ舌《した》がしびれるせいで、口から出たのは意味のない呻《うめ》き。

クラウスは気づく。

自分を見下しあざ笑うマドックの目に──しかし微塵《みじん》も余裕《よゆう》の色などないことに。

マドックはクラウスを鼻《はな》で笑うと、

「カッコ悪《わり》ぃなオイ」

嘲笑《ちょうしょう》を残して視界から消えた。

なぜ、自分にとどめを刺《さ》さないのか。

ダイラスに来いとはどういう意味か。

疑問はあったが――それはさておき。

むかつく。

殺す。ぜってー殺す。

どうであろうと完全にナメられたことは事実である。

腹を立てても、いまだ体のしびれは消えない。起きあがろうとすれば、体のあちこちがびくびく震《ふる》えもがくだけ。

仕方なく力を抜き、しばし。

「――クラウス！」

「ちょっと⁉　だいじょうぶ⁉」

聞こえて来たのはルグナードとアリサの声。

さすがにこのまま倒れっぱなしは格好《かっこう》がつかない。再び体に力を入れ――

それでもいくぶんしびれは消えていた。ふらつきながらではあるが、かろうじてその場に上半身を起こす。

「大丈夫《だいじょうぶ》か⁉」

問うルグナードに苦笑を返し、

「らいりょーふ」

沈黙《ちんもく》。

舌のしびれはまだ消えていなかった。

「……ああ。大丈夫、と言いたいんだな」

「ケガは……してないみたいだけど」

二人がビミョーに視線をそらすのが悲しい。

これならいっそ、しびれが完全に消えるまで、気を失ったふりでもしていればよかったかもしれない、と今さら思うがもう遅《おそ》い。

とりあえずそばの壁《かべ》にもたれ、調子が戻《もど》るのをしばし待つ。

手をくり返し握《にぎ》って開いて。その指先が震えなくなり——

「……あの野郎《やろう》……」

つぶやけば、声はまだわずかに震えてはいたが、ちゃんと言葉にはなっていた。

「……いきなり雷撃《らいげき》の神呪《セレストル》使って来やがった……」

「神呪使い《シンガー》か。となると少々面倒《めんどう》だな」

難《むずか》しい顔でルグナード。

神呪《セレストル》が使えるのと使えないのとでは、戦いの中でできること、できないことの幅が大きく違う。

そのぶん、相手取った場合の対応も難しくなってくる。

「油断してた……バチッと来て体の自由がきかなくなって……」

体のしびれはほとんど消えた。踏《ふ》まれた腹はいまだ痛むが。

「じゃあ、あたしたちが駆《か》けつけるのがもうちょっと遅かったら、止《とど》め刺されてたかもしれないんだ」

言うアリサに、クラウスは複雑な表情で、

「いや——十分止めを刺せるタイミングだった。けどどういうわけかあの野郎、急に気を変えたみたいでな。二日後、ダイラスに来て止めてみろ、なんてぬかしやがった……」

「何それ？」

「オレが知るか」

眉《まゆ》をひそめるアリサに、クラウスも同じ表情で吐《は》き捨てる。

だがルグナードはこともなく、

「普通に考えるなら、ただの嘘《うそ》、だな。

ここでクラウス一人を殺すより、俺《おれ》たちの追跡《ついせき》を振り切る方が良いと判断して、挑戦《ちょうせん》じみた伝言を残し、自分たちは別の方へと向かう。

のこのこと出向いて行けば、俺たちはダイラスで待ちぼうけだ」

「あ。なるほど」

アリサは納得顔《なっとくがお》でうなずき、しかしクラウスは――

「……そうかな……」

小さくつぶやいた。

ルグナードの説明は理にかなっている。そう考えるのが自然だろう。

だが。

「気になることでもあるのか？　クラウス」

「ああ……目が、な……」

『目？』

期せずして声をハモらせる二人に、クラウスはうなずいて、

「オレに止めを刺そうとして、急に気を変えてからのマドックの目。

オレのことを見下しながら――なんていうのか――」

思い出す。マドックのあのまなざしを。

なぜか妙に余裕がなく、かわりにあるのは――

「――そう。おびえ、だ。

あの目はなんていうか、何かにおびえてるみたいだった」

「雇《やと》い主がコワい人だとか」

アリサの言葉に、クラウスは小さく左右に首を振り、

「そういうんじゃあない……と思う。あれはもっと何か——どうしようもないものを怖がってた気がする」

壁にもたれるようにして、それでもやっと立ち上がる。

「つまりクラウス、お前は——」

「ああ。ダイラスに行くべきだと思う」

問うルグナードに、クラウスは迷《まよ》わずうなずいた。

「奴の言葉を信じる根拠《こんきょ》が無い」

「わかってるよルグナード。

そっちの理屈《りくつ》の方が筋《すじ》が通ってることも、マドックの奴《やつ》が正直者なんかじゃないってことも。

けどあいつの目は——

そういうんじゃあなかった」

もちろんクラウスも、目を見れば相手の全てがわかる、などとは思っていない。

だがマドックの目に、おびえるような、助けを求めるような色が宿っていたことだけは確かだった。

とはいえやはり、気のせいだと言われれば反論する術《すべ》もなく。

結局彼にできるのは、まなざしをルグナードへと向けるのみ。

二人はしばし無言で見つめ合い――

「――いずれにしろ、だ――」

やがて吐息《とい》《き》に言葉を乗せたのはルグナード。

「奴らの馬車の特定ができれば何の問題もない。まずはその調査だ。

とはいえ町には似たような型《も》《の》の馬車もある。加えてこちらは人手も足りない。

――明日一日調査して、目星がつかぬようならダイラスに向かう。

そういうことでどうだ」

「ああ。文句《もんく》はない」

クラウスは小さくうなずいた。

根拠はなく。

しかしクラウスに、確信はあった。

ダイラスの町で何かが起こるのだと。

青い水面《みなも》は昼の陽を浴びてまばゆく輝《かがや》く。

対岸は彼方《かなた》に見えず、岸辺に立てば水平線が視界を埋《う》めるだろう。

海ではない。ハリ湖の名を持つ広大な真水の湖は、三つの国にまたがってひろがり、周囲の土地に豊かな恵《めぐ》みをもたらしている。

その湖に面して、ダイラスの町はあった。

もともとは普通の漁師町《りょうしまち》で、ひとときは別荘地化しそうな気配もあったのだが、しばらく前、湖に面した隣国《りんごく》コモリオムの政情不安で、湖を経由して難民《なんみん》たちが流入し、今は治安も乱れている。

「……けど本当に奴ら、来るかな」

「今さらあんたが言うかそれを」

街並みを眺めて歩きつつ、クラウスがぽつりと漏《も》らしたひとことに、アリサは即座に突《つ》っ込《こ》んだ。

結局のところ。

前の町で、問題の馬車を特定することはできなかった。

金持ちや貴族《きぞく》たちが立ち寄る所だからだろうか。宿では客についての情報はガードが固く、収穫《しゅうかく》はほとんど無し。

ゆえに、マドックの残した言葉だけを頼《たよ》りにここを訪《おとず》れたのだった。

今はまだ昼。今日、何かが起こるにしても、おそらくそれは夜だろう。

宿を取って荷物を置いて、聞き込みをしながらあちらこちらを下見して回ることになったのだが——

街道《かいどう》から町へと入ったあたりはごく普通。宿屋をはじめいろいろな店が並び、人々が行き交っている。

しかし大通りから少し外れると、とたんに様子《ようす》が一変する。

古びた建物。通りを占拠《せんきょ》する、見るからに手作りの掘《ほ》っ建《た》て小屋。あたりにいる人々の身なりも、当然、上等上品なものとは言えず。

もともと住んでいた者たちか、流れてきた難民たちかはわからないが。

おそらくそんな人々に混じって、スネに傷持つ連中も身を潜《ひそ》めているのだろう。時折、とがった気配を向けてくる者もいる。

傭兵然《ようへいぜん》とした格好のクラウスたちにからんで来る者はさすがにいないが、観光客が一人で安心して歩けるような所ではない。

あちらで話を聞き、こちらを見て回り。

一通り町をざっと回り終えた頃には、さすがに陽《ひ》もやや傾《かたむ》きはじめていた。

今のところ収穫《しゅうかく》はなし。

馬車はまだこの町にやって来ていないのか。それともすでに来ていて、聞き込みの網《あみ》にかからなかっただけか。

町の方も、荒《あ》れているということ以外、目立っておかしなことはない。

「——クラウス。マドックは、止めてみろ、と言ったのだな」

道を行きつつ、ふと思い出したかのようにルグナードが問いかける。

「ああ。自分たちを止めてみろ、って」

「それが嘘でないとするなら、何をする気だ。この町で」

ルグナードの問いに対する答えは——ある。クラウスの胸《むね》の中に。

だがそんな、馬鹿馬鹿しくてありえなくておぞましい想像を口にはできなくて。

「さあな」

と流せば、

「——そうか——」

どこか深刻《しんこく》な顔でつぶやくだけで、ルグナードはそれ以上聞いてはこなかった。

クラウスはふと思う。

――ひょっとすると――

ルグナードは、実は自分と同じことを想像しているのではないだろうか。それは違《ちが》うと否定してもらいたくて、クラウスに意見を聞こうとしたのではないだろうか、と。

もちろんそれは、想像にしか過ぎないのだが。

「さてと――」

気分を変えるように明るい調子で、ルグナードはクラウスとアリサに、

「少し早いが、戻って夕食にでもするか」

無論のこと、夜に備《そな》えてのことである。

もしマドックの言葉が嘘でなかったら。

おそらくは、これまで以上に長い夜になる。

「そうだな」

「同感」

クラウスは、アリサとともに答えてから彼方を見上げた。

眺《なが》める空はまだ青い。

しかし食事を済《す》ませた頃《ころ》には、藍《あい》の帳《とばり》が降《お》りはじめているだろう。

何が起こるのか。起こらないのか。

ざわめく予感を抱《いだ》きつつ、クラウスは、町の風を胸に大きく吸《す》い込んだ。

西空に夕日の残滓《ざんし》が消える頃。

荒れた下町に轍《わだち》の音が鳴り響《ひび》く。

こんな所ではついぞ見かけぬ立派《りっぱ》な馬車は、時折壁に車体をこすりつつ、強引に通りへと入って来た。

やがて停《と》まった馬車からは、ローブとフードでその身と顔を隠《かく》した影《かげ》がいくつか降《お》り立った。

影の一つは地図を片手にあたりを探《さぐ》り、やがて地面に何やら落書きをはじめた。

他の影たちは、それを護《まも》るようにじっとあたりに佇んで。

住人たちは当然知らない。町の中、ここと別の五カ所で、同じ作業が進んでいるのだと。

荒れた下町でもローブ姿は珍しくないが、さすがにこれは異常な光景だった。

空にまだ明るさは残っている。外に出ていた住人も多い。たいていは黒ずくめたちの奇行を遠巻きに眺めているだけだが――

「――何やってんだおめえらそこで」

中には当然、質問、というよりインネンつけ口調で問いかけて来る者もいる。ごろつき然たる格好をした、この若い男のように。

問いかけられた護衛《ごえい》の影は、苦い口調で、

「……すぐわかる……」

とだけ。

だがむろん、それで引き下がるようならば、最初から聞きには来ないだろう。

「ハァ？　なんだそりゃ？　いつわかるかなんて聞いてねえ。何をやってるんだって聞いてるんだよ」

不機嫌《ふきげん》にわめく男のそばに、別の護衛の影が無造作《むぞうさ》に近づき——

刺した。

一切何のためらいもなく。

ローブのすき間から突き出た剣《けん》の切っ先は、男のみぞおちから入って心臓《しんぞう》を貫《つらぬ》き。

悲鳴さえも上げられず、ぐたり、と男は倒《たお》れ伏《ふ》す。その身が痙攣《けいれん》するたびに、黒い血が大地を叩《たた》く。

何が起きたかを即座に悟《さと》り、住人たちが逃《に》げてゆく。

男を刺した影は、最初の影に近寄ると、仏頂面《ぶっちょうづら》で相手を見やり、

「こういう場合は処理《しょり》をしていい。目撃者《もくげきしゃ》はいてもほうっておけ。どうせすぐに、こんな小さい事件のことはどうでもよくなる」

「……ああ……」

言われて、最初の影――マドックは、フードの中で小さくうなずいた。

少し離れたその場所では、地面に紋《もん》を描《えが》き終えた小柄《こがら》な影、ローウェルが、呪文《じゅもん》の詠唱《えいしょう》をはじめていた。

夜風の中を駆《か》け抜《ぬ》ける。

焦《あせ》りといやな予感とが、一同の胸の中にはあった。

早い目の夕食を取り、店を出て。

ちょうどその時だった。黒い馬車が、離れた道を、町の奥へと駆け行くのが目に入ったのは。

あの馬車に間違いはなかった。

動き出すのが、想像していたよりもずっと早い。

あわてて追いかけはじめたものの、人の足で馬車に追いつけるはずはない。しかし、マドックが止めろと言った何かがはじまる前に追いつくことができれば――

だが。

「――くそっ！」

駆けていたクラウスが、突然足を止めて毒づく。

風の中、わずかに混《ま》じった潮《しお》のにおいをかぎ取って。

つられて立ち止まるルグナードとアリサが、クラウスに何かを問うより先に。

どん。

と一つ、大地が揺《ゆ》れた。

やがてほどなく、風に乗って漂《ただよ》い来るのは人々の悲鳴と、潮のにおい。

「――まさか――」

ルグナードの、そしてアリサの表情は硬《かた》い。

あるいは二人もクラウス同様に、薄々《うすうす》想像はしていたのかもしれない。しかし認《みと》めたくなどなかっただろう。そんな突拍子《とっぴょうし》もない話を。

しかし。

「これで……決まりだな」

肩《かた》で息《いき》をつきながら、クラウスは宣言《せんげん》する。

背筋《せすじ》を悪寒《おかん》が駆け抜ける。

淵海孔《アビスゲート》を間近にすると、いつも感じる恐怖《きょうふ》と憎悪《ぞうお》。

しかし今その感情を向ける先は、淵より来るもの《アビスフォーム》たちではない。

口の端に、凶暴《きょうぼう》な笑《え》みを浮《う》かべて言葉を紡《つむ》ぐ。

「あの馬車に乗った連中が……

淵海孔《アビスゲート》を作り出してやがる――」

「……そんな……」

「馬鹿《ばか》な――」

否定する二人の声はかすれていた。

クラウスは息を整《ととの》えながら、

「何言ってる……二人とも薄々気づいてたんだろ……

あの馬車が行くところで出てくる海……馬車にぶつかるのを避けたデカブツ……自分たちを止めてみろ、とか言いだしたマドック……

でもってここでも淵海孔《アビスゲート》……！

結論は一つしかないだろ……！」

「しかし……そんなこと……可能なのか……？　聞いたことがないぞ……」

「オレだって聞いたことはないさ」

信じたくない気持ちからか、なんとか否定しようとするルグナードに、しかしクラウスは言い放つ。

「まさかこの期《ご》に及《およ》んで、全部偶然《ぐうぜん》かも、なんて言わないでくれよ。もしこれがオレの考えすぎだったら、終わったあとで、みんなでオレを指さして笑っておしまい、だ。

けどそうじゃあなかったら——ヌルいことを言ってる場合じゃない。違うか」

クラウスの胸の裡《うち》には、さまざまな思いがあった。

小さい頃、生まれ育った村を呑み込んだ淵海孔《アビスゲート》への、そしてそこからわき出して来る者たちへの恐怖と憎悪。

前に戦い、後《おく》れを取ったマドックへの敵愾心《てきがいしん》。

そういったあらゆるものが吹《ふ》っ飛んだ。

淵海孔《アビスゲート》を出現させる者、という、本当に倒すべき相手を見つけ出して。

「——そう——だよね——」

アリサはためらいながらもうなずいて。

「いずれにしろ、ここで立ち止まっている場合ではないか。いいだろう。なら、どうする」

ため息混じりにルグナード。

問われてクラウスは迷わずに、

「決まってるだろ。最優先《さいゆうせん》で馬車を見つけて、叩く。乗ってる奴は、マドックを含《ふく》めて生かして捕《つか》まえたいが、場合によりけり、だ。ルグナード、とりあえず、次にあの馬車見かけたら、手加減《てかげん》も迷いも無しで一発食らわせて動けなくしてやってくれ！」

「了解《りょうかい》だ」

全員が同時にうなずき、再び駆ける。

馬車が向かったとおぼしき方へ。

だが一番の問題は、その馬車に接触《せっしょく》できるかどうか。

一体どれだけ引き離されたのか、わからない。

クラウスの想像が当たっているなら、淵海孔《アビスゲート》が出た場所に馬車がいる理屈になるが、相手もこちらも動いていれば、すれ違いになる可能性も高い。

このままやみくもに駆けたところで出会える可能性は低いが、逃げまどう人々相手に聞き込みなどできるわけもない以上、とりあえず進む以外に術はない。

混乱に駆ける人波をかき分け走れば、なまぐさい潮風のにおいが風に混じり――

どんっ、と。

震えた大地に、全員が――

クラウスたちのみならず、おそらく、この町にいる者のほとんどが硬直《こうちょく》した。

――今の震動が意味するものは――

「ハッ！　こりゃあ……！」

クラウスが引きつった笑みで吐き捨てる。

背中に走る感触は、もはや自分でも、恐怖なのか怒《いか》りなのかわからない。

「マドックの奴もビビっちまうはずだ……！」

そう。たった今。

この町に、二つ目の、、、淵海孔《アビスゲート》が出現したのだ。

「あいつら……！　ここをぶっ潰《つぶ》すつもりだぜ！」

――夜に混じる潮のにおいは、その濃《こ》さを増すばかりだった――

どれくらい通りを駆けずり回ったか。

クラウスはよく憶《おぼ》えていない。

いまや町のどこにでもあふれ返っているパニックが。自身の胸に渦巻《うずま》いた、海へのさまざまな負の感情が。時の感覚を狂《くる》わせている。

ただ確かなのは、夕暮《ゆうぐ》れと呼べる時はとうに過ぎ、空には星がかがやいていること。

夜の訪れに、家々にランプは灯《とも》り——しかしその明りが照らすのは、夕餉《ゆうげ》を共にする家族の団欒《だんらん》ではなく、災厄《さいやく》にとまどい逃げる人々の群《む》れ。

近くの住民はみんな逃げたか隠れたか。妙にひとけのない道を、三人は走る。

途中から、進む道を示していたのはルグナードだった。

何の根拠があってのことだか知らないが、右だ左だ、まっすぐ前だと指示をしながら駆けてゆく。

あるいは、町のつくりと人の流れ、淵海孔《アビスゲート》の出現位置などを考えて、馬車の通れそうな道を当たっているのかもしれないが——

それは偶然か必然か。

もはや町のどこなのかもわからぬ通りの、角を一つ曲がったとたん。

見えたのは、ぽつぽつと街灯の灯る通りを駆ける六台の馬車！

うち黒塗《くろぬ》りの一台に、クラウスは確かに見覚えがあった。このままなら一団は、目の前の道を通り過ぎる。

「ルグナード！」

はずむ息を整えながら声を上げれば、しかし赤毛の大男は、すでに神呪《セレストル》の準備を終えていた。

「空這う見えざる蟲の王《ウィレア・ヴァイ・ルヲウ》」

ルグナードが何かをしたとも見えぬのに、前を通りかかった黒い馬車の車輪近くがはじけ砕《くだ》けた！

おそらくは、目に見えぬ風の神呪《セレストル》。

「くっ！」

と、小さくルグナードの呻《うめ》き。

どうやら車輪を狙《ねら》ったのが、わずかに外れたようである。

それでも馬車は車軸《しゃじく》が揺《ゆ》れて轍《わだち》が乱れる。一発撃破《げきは》には至《いた》らなかったが、車輪まわりに痛手《いたで》は与えた。

ルグナードはすぐさま次の神呪《セレストル》を準備して――

黒い馬車のドアが開く。

夜風の中に躍《おど》り出た影は、ローブの下から二本の手を突き出して。

クラウスが、ルグナードが大きく跳《と》んで身をかわす。

あるいは後ろの壁に当たり、あるいはそばの板壁に突き立ったのは、短い矢。

風にフードを払《はら》われて、降り立つ影の素顔が夜風に晒《さら》された。

「マドック……！」

アリサが相手の名を呼んだ。

「どけ！」

「どくかよバァカ」

抜剣《ばっけん》するクラウスの声に迷わず答え、マドックは腰の後ろから、両手に一本ずつ、これ見よがしに短剣《ダガー》を抜き放つ。

その間にも、馬車は姿勢を立て直して進みゆく。

「置いていかれているぞ」

「言われなくても知ってるよ」

ルグナードの指摘《してき》にも動揺《どうよう》しない所からして、時間かせぎでも命じられたか。

黒い馬車が遠ざかる。車軸を傷《いた》めたか、速度はさきほどより随分《ずいぶん》遅くなってはいるが、それでも人の駆け足よりはよほど速い。

今振り切られれば、おそらく次はない。

「止めてほしかったんだろうが！」

クラウスがマドックに向かって吠《ほ》え猛《たけ》る。

「だからオレを殺さなかったんだろうが！　ならどけよ！」

「甘えんな！」

負けじとマドックも声を上げる。

「止めてみせろと言ったんだ！　止まってやるとは言ってねえ！　何『止まってください』なんてお願いしてやがるんだよ！　頭温《ヌル》ィな！」

「――わかったよ――なら止めてやる！」

別の出会い方だったなら、クラウスも、以前の借りを返すため、一対一で――などと考えたかもしれないが、今はそんなことを言っていられる場合ではない。

本当の敵はマドックではないのだから。

クラウスの宣言を合図に地を蹴《け》ったのは、クラウスとアリサ、ルグナードの三人同時！

正面をルグナード、右と左からそれぞれアリサとクラウスが担《にな》う。

対するマドックは自身も地を蹴り、アリサに向かって突進《とっしん》した！

一対多数では妥当《だとう》な戦術ではあった。手早く倒せそうな相手に痛手を与え、少しでも数の均衡《きんこう》を図《はか》る。

一度戦って互いに手の内を知るクラウスや、ベテラン然としたルグナードではなく、見るからに身の丈《たけ》に合わない重量級の得物《えもの》を抱《かか》えたアリサのことを、与《くみ》しやすしと見て取ったのは当然の判断。

槍刃《ブレードスピア》を上に大きくふりかぶるアリサに向かい、マドックは迷わず駆けてゆく！

彼の脳裏《のうり》に描かれているのは、武器を振り下ろされる前に、駆け抜けざまに少女の脇腹《わきばら》を切り裂《さ》き仕留《しと》める、そんな構図だったはず。

だが。

間合いを詰めたマドックがさらに駆ける速度を上げて、

「ジャマだよお嬢《じょう》ちゃ――」

「黒の三、はじけろ《ヴランプ》！」

嘲《あざけ》りを遮《さえぎ》り響いたのは、アリサの声と魔力素《マナチップ》のはじける音！

刃の背《やいば》ではじけたかけらが鉄の塊《かたまり》を推《お》し進める！

同時にアリサもその背を猫《ねこ》のように丸め、結果、鈍重《どんじゅう》なはずの刃は、マドックの予想をはるかに超《こ》えて加速し、迫《せま》る！

マドックは顔を引きつらせ、わざと左の膝《ひざ》を折る。バランスを崩《くず》して路上を転がり滑《すべ》ると、紙一重《かみひとえ》の差で刃から逃《のが》れた。

もし自分から転がっていなければ、頭を割られるか鎧《よろい》ごと胸を砕《くだ》かれるか、どちらにしろ終わっていただろう。

転がる勢いを殺さずそのままはね起きて、

「……なっ……！　なんつー阿呆《あほ》な武器使いやがる!?」

クラウスも、マドックの方に駆けつつも、アリサに向かって、

「殺す気まんまんかよお前！」

できれば生け捕り、という話だったはずだが。

「手かげんしたらこっちがやられる！　それに、ゆっくりしてる場合じゃないよね！」

刃に乗った勢いを活《い》かして姿勢を整えつつアリサ。

マドックの表情が、この女に突っかかるのだけはやめよう、と語っていた。

「この前はずいぶん世話になったな！」

クラウスは声を上げ、自分に注意を向けさせながら、マドックとルグナードの間を遮るように駆け迫る。

ルグナードが神呪《セレストル》を準備していることはわかっていた。突っかかると見せかけて直前に横に跳べば、そこにルグナードが一撃を放つ。

寸前まで視界を塞《ふさ》がれた上での攻撃なら、対応するのは難しい。よしんばそれをかわさ

れたとしても、体勢を崩したところにクラウスが切り込めば――

しかし。

「どういたしまして！」

吐き捨てると同時に、マドックは迷わずきびすを返して逃げ出した！

「あ！　てめえ待て！」

クラウスがあわてて叫ぶが、それで止まって三対一の勝負に応じる馬鹿はいない。

マドックの目的が時間かせぎだったなら、その目的はすでに果たした。馬車はもう、とっくに見えなくなっている。

マドックは迷わず手近な路地に駆け込みかけて――

「おわっ⁉」

声を上げ、大きく後ろに跳《と》び退《すさ》る。

その路地から姿を現したのは――

「――こいつ……！」

あわてて足を止め、大きく後ろに退りながらクラウスは呻く。

ちぢこまった尺取《しゃくと》り虫《むし》のような体の左右には幾本《いくほん》もの脚《あし》。胸ほどの高さには、人の顔を連想させる黒穴が三つ、開いていた。

全身をくまなく覆《おお》うのは、厚《あつ》みのある透明《とうめい》な——水。

それは。

かつてウルスの町で三人の前に現れた大型の異形《いぎょう》。

あの馬車に乗っている者が淵海孔《アビスゲート》を出現させている——などという非常識《ひじょうしき》がありうるのなら、人とは似つかぬ異形が馬車の味方をしていたとしても驚《おどろ》かない。

おそらく馬車を護るため、一つ外れた通りを併走《へいそう》していたのだろう。

異形は脚を蠢《うごめ》かせ、ゆっくりと、クラウスたちの方を見る。

「……こんな所まで出張とはご苦労なこった」

じわじわと退りつつ軽口を叩くクラウス。

もちろん、外見が同じだけで別の個体だという可能性もあるが。

「歓迎《かんげい》したくない再会だな」

「こういうの腐《くさ》れ縁《えん》って言うのかな」

軽口は叩きながらも、ルグナードとアリサの表情も険《けわ》しい。

「へ、へへ」

一方のマドックは引きつった笑みを浮かべつつ、異形の巨体《きょたい》の後ろにまわり込み、あきらかに、異形に向けて、

「じゃあ、あとは頼《たの》んだぜ」

「――てめえ――」

クラウスの瞳《ひとみ》に怒りが灯る。

マドックの態度は、二つのことを示していた。

想像通り――マドックたちが、異形たちと同盟《どうめい》関係を結んでいること。

そしてもう一つは。

「じゃあクラウスに、自分たちを止めてみせろ、って言ったのは何だったわけ!?」

突然声を上げたのはアリサ。

異形の後ろで足を止めたマドックに向かって、

「この町の名前まで教えて！

い、い、こんなことに手を貸して、良心が痛んだからじゃないの!?」

はり上げた声を、しかし異形を盾《たて》にしたマドックは鼻先で笑い、

「へっ。知るかよ」

「本当は単にビビっただけなんでしょ!? 大きな事件に首突っ込んで！」

さらにアリサは言いつのる。

「あたしたちと、あんたの雇い主たちが共倒れになればいい。そうなったら自分だけは要《よう》

領《りょう》よく逃げる。

そんな都合のいいこと考えてたんでしょ！」

もう一つは、マドックがこの場所をクラウスたちに教えた理由。

良心の呵責《かしゃく》に耐《た》えかねたのでも、こんなことは許《ゆる》せぬと義憤《ぎふん》に駆られたわけでもない。

アリサの指摘《してき》した通り、クラウスたちと雇い主たちとをぶつけ合い、自分を大それたことに巻き込む連中と追跡者《ついせきしゃ》とを共に消そうという思惑《おもわく》。

でなければ、この場で異形を頼《たよ》りにしたりはしないだろう。

「だったらどうした！」

マドックは、アリサの指摘を否定しなかった。

「最低！　都合が悪かったら雇い主も殺す気なんだ！

自分勝手もいいところね！」

「合理的って言ってほしいね！

金にはなったが、これ以上こんなヤバいことにつき合っていられっかよ！

オレはそろそろ降りさせてもらうぜ！

てめえらはここでバケモノどもと遊んでな！」

マドックの言葉を合図に大型の異形が動き出す。

数多《あまた》の脚を動かして――マドックの方に向きなおる。

「……え……？」

マドックは呆然《ぼうぜん》とした声を漏らし、

「――ああ。やっぱり――」

アリサが声を上げた。

「想像してなかったんだ。そいつが、あたしたちの話を理解してるかも、って可能性《こと》」

言い終わるよりもやや早く。

異形の踏み出した脚は、いともたやすく無造作《むぞうさ》に、マドックの体を轢《ひ》き潰《つぶ》していた。

人だろうと異形だろうと、裏切り者の末路《まつろ》は似たようなもの。

悲鳴の一つも残さずに――いや、ひょっとしたら自分に何が起こったのかさえ理解できないそのままで。

マドックは、ひしゃげて路上でわだかまる。

踏み殺したのは異形だが、こうなると薄々わかっていながら話をしたのはアリサである。

「アリサてめぇ――！」

「文句はあとで聞く！　来るよ！」

クラウスの文句をおしとどめ、アリサは槍刃《ブレードスピア》を構えた。

マドックを瞬時《しゅんじ》に踏み殺した異形は、ゆっくりとクラウスたちの方を向く。

そのずっと後ろには。

ねじくれた剣を手に手にぶら提《さ》げ、通りの彼方からこちらへと、歩み近寄るいくつもの影が現れはじめる。

そちらは見慣《みな》れた、魚人型の淵より来るもの《アビスフォーム》たち。

……クラウスとしては別にそんなものを見慣れたくはないのだが……

大型一つに魚人型が多数。まともに戦って勝ち目はない。

魚人の集団に突っ込み、乱戦に持ち込めば、かなりの数の相手を仕留めることができるだろうが——そのかわり、ほぼ確実に命を落とす。

なら、逃げるというのは——

「今回は一時撤退《てったい》しないのか？　ルグナード」

三人集まり、クラウスが問えば、しかしルグナードは、

「そうしたいところだが……見逃《みのが》してはくれんだろうな。さすがに。人語を解するなら、俺たちがどこまで知ったかわかっただろう。相手としては見逃せんだろうな」

「二度と会わないと思ってたけど、こうなるなら、あいつへの対策《たいさく》、ちゃんと考えとけば

よかったね」

アリサが言うが、今さらである。

しかしその時。

るぅぅぅぅぅあぁぁぁぁあるぃぃぅ。

大型の異形が吠《ほ》える。

いや、その身がわずかにゆらめいて見えるところからすると、正確に言うならば、表面に纏《まと》う水をふるわせて音を出しているのだろう。

それを聞き、後ろまで迫っていた魚人たちが横の通りへと散《ち》りはじめた。

「『ここは自分一人で十分だ』とか言ったのかな？」

適当な意訳をかますアリサに、クラウスは引きつり笑顔《えがお》で、

「オレには『派手《はで》にやるから巻き込まれたくない奴は散れ』って聞こえたけどな。どっちにしても格好いいなオイ」

あるいは——この状況《じょうきょう》ではクラウスたちが逃げに走ると判断し、戦う、という選択《せんたく》を誘《さそ》うために、わざと味方を減《へ》らしたか。

いずれにしろ、それが戦いの始まりだった。

魚人型の異形が散ったのを機に、大型の異形が地を蹴った！

以前にも見た高速突進！

クラウスとアリサは左右に飛び退いて、その後ろでは、異形が出現した瞬間から神呪《セレストル》を準備していたルグナード！

「月の無い夜空に開く無数の目《ゼグドメア・レルドオウラン》」

瞬間、巨体の軀《からだ》にくまなく開く無数の目！

瞳から伸《の》びた細枝が、蔦《つた》のごとくに伸びからまり合い異形の動きを束縛《そくばく》した！

脚をからめられつんのめり、派手に転がる異形の巨体。あやうく巻き込まれそうになり、その軌道《きどう》から逃れるクラウス。

「今のうちに一旦退く――」

言いかけたルグナードの言葉が途中で凍《こお》りつく。

魚人タイプが相手なら、ルグナードの術でしばらく動きを封じ込め、逃げるのに十分な時間をかせげただろう。

しかし。

転がる異形が纏った水がざわついた。

たゆたい瞬時に形を変えると、網の目から飛び出した無数の小さな鎌《かま》と化す！

水の鎌が蠢《うごめ》いて、からまる網を寸断するのに、さして時間はかからない。

縛《いまし》めを破壊されるとともに、はりついていた無数の目が瞬時に消えた。

巨体を覆《おお》う水の膜《まく》が、ある場所では縮《ちぢ》まりある場所ではふくらんで、まるで水そのものが一つの生き物でもあるかのように、うねり、たゆたい、本体の動きはほとんど無しで異形《いぎょう》の巨体《きょたい》を引き起こした。

「クラウス！　アリサ！　こいつは纏《まと》った海の水を術《じゅつ》で操《あやつ》って攻防《こうぼう》と姿勢制御《しせいせいぎょ》に使っている！　前に見た爪《つめ》や槍《やり》も水が形を変えたものだ！」

目にしてルグナードが声を上げた。

そう。

天井をうち破《やぶ》る爪も虚空《こくう》を貫《つらぬ》く長い槍《やり》も。不自然な姿勢のままで横倒《よこだお》しから起きあがるのも、すべては巨体が纏《まと》う水。

変幻自在に姿を変えるそれは、時に武器とも盾《たて》ともなる。

「水を引き剝《は》がしてやらねばどうにもならんぞ！」

「引きはがすって言ったって！」

身がまえつつもこぼすアリサ。刃物《はもの》をいくら振るったところで、水を裂《さ》くのがせいぜいである。

刃物を使って引き剝がすなど、無理な相談。

「とりあえず、やってみるしかねえだろ！」

クラウスは苦い表情で吐《は》き捨《す》てる。

異形が動く。

クラウスたちに対して、突進《とっしん》はかわされてスキになるだけと悟《さと》ったか、今度は人が小走りするほどの速さで——まず向かったのはルグナードに！

神呪使《シンガー》いを倒してしまえば、武器を頼《たよ》る二人に異形《いぎょう》を倒《たお》す術《すべ》はない。そう判断してのことだろう。

だが。

「ルグナード！　ここはまかせる！　オレは馬車を追う！」

「頼む！」

クラウスは呼びかけると同時にきびすを返して駆《か》け出して、ルグナードは答えて両手に斧《おの》を抜《ぬ》き構《かま》えた！

異形があわてて進路を変える。ルグナードから、背を向け駆けるクラウスへ！　移動も小走りから突撃《とつげき》の速度に変わり——

りるうううううううううう！

異形の纏う水が震《ふる》え、その先端から長い長い水の槍が、クラウスの背中を目指して——

「今だ！」

水の槍が伸びはじめると同時にルグナードが声を上げた！

とたんクラウスは振り向き身をひるがえし、水の槍をやすやすかわして剣をひと薙《な》ぎ！

ばぢゃりっ、と音を立てて散ったのは海の水。

半ばを断《た》たれた水の槍の先端《せんたん》は、力を失いただの海の水と化して、あたりの地面を濡《ぬ》らして散《ち》った。

異形が操るのがあくまで海の水ならば、長く伸びた水を刃で断てば——一瞬でも、水と水との間を鋼《はがね》という異物で遮《さえぎ》ってやれば、断たれた先はただの水に戻る。

だがそれは、異形の一撃目をいなしたに過ぎない。

異形を覆《おお》う水が震《ふる》え、体の左右に大ぶりな水の刃を形成した！

クラウスの長剣に遮《さえぎ》り断たれぬよう、刃は厚く幅広く。クラウスが左右どちらに逃げようとしても水の刃は胴《どう》を断つ！

とどまれば、無論待つのはマドックと同じ最期《さいご》！

だがクラウスはそのままかまわずまっ正面から異形《いぎょう》に突っ込み——

跳んだ。

異形の背、纏う水の上を踏み越え駆《か》け抜《ぬ》け背《せ》がわに下りる。

むろんクラウスに、普通の水の上を歩くことなどできはしない。異形が刃への防御のため、纏う水の粘度《ねんど》を極限《きょくげん》まで上げていたからこそできた芸当である。

相手にしてみれば、クラウスが目の前で消えたようにしか見えなかっただろう。

大型の異形が減速してふり向けば、正面には剣を構《かま》えたクラウスの姿。

もとより。

クラウス一人で馬車を追うつもりなどはない。だがああ言って駆《か》けてみせれば、人の言葉を理解する敵は、彼を狙《ねら》わざるを得なくなる。

要は、神呪《セレストル》の準備をするルグナードを狙わせないための舌先三寸《したさきさんずん》。

異形は再び左右に刃を生やしたままでクラウスに向かって突っ込んでゆく。クラウスはそれを十分引きつけて——

「右だ！」

吠えると同時に右に跳《と》ぶ！

そこに迫《せま》るは異形《いぎょう》の刃！

ばぢゃりっ！　と再び響《ひび》く水音《みずおと》。

異形の向かって右から伸びた水の刃は途中で断たれていた。

アリサの槍《ブレードスピア》刃によって。

クラウスの長剣の巾《はば》では遮《さえぎ》り断《た》てぬ水の刃も、槍《ブレードスピア》刃の長さと巾なら断絶可能《だんぜつかのう》。異形の上を乗り越えたクラウスの陰《かげ》となってアリサが立ち、飛び出しざまにその一撃を加えたのだ。

刃の崩れたその場所に佇む二人は無傷《むきず》。そして。

「空這う見えざる蟲の王《ウィレア・ヴァイ・ルラウ》」

ルグナードの放つ不可視の神呪《セレストル》が、もう一方の水刃《すいじん》の付け根をうち砕く！

「いけるぞ！」

声を上げクラウスが駆《か》ける！

「この調子で水を落として行けばそのうち丸裸《まるはだか》だ！」

刹那《せつな》左手を剣の刃に添え、異形に向かって駆け込み、斬り薙《きな》ぐ！

刃はねばつく水に纏われ速度を落とし、下の甲殻《こうかく》にはじかれる。異形は接近《せっきん》したクラウスに水の刃を突き出した！

だがクラウスは、断てぬものと見て取ると身をひるがえしてかわし、また異形へと斬撃《ざんげき》を送る！　続いて異形が生んだ刃は、断てると見切って断ち散らし、続いて異形の胴へ一撃。

避《よ》け、斬り、断ち、斬る。

相手の攻撃は避け、断って。異形の脚《あし》に胴体に。クラウスは間断《かんだん》のない斬撃をくり出し続ける。

ひとときも休まずステップを踏むそのさまは、さながら何かの舞いのよう。

異形が水の刃を生み出す頻度《ひんど》が目に見えて減《へ》ってゆく。

迂闊《うかつ》に水で攻撃し、それを片端《かたはし》から断たれれば、クラウスが指摘した通り、纏《まと》った水はいつか尽きる。

実際に、全身を覆った水は、わずかではあるがすでに厚《あつ》みを減じていた。

淵海孔《アビスゲート》にでも戻れば、水の補給もできるのだろうが、そのために一旦ここを離《はな》れれば、確実にクラウスたちをとり逃がす。

異形は攻《せ》めあぐねてはいたが、一方クラウスの斬撃も、水と甲殻に覆《おお》われた異形を、断ち切るどころか、ろくに傷つけるにも至らない。

それでもクラウスはかまわずに、異形に剣をくり出し続ける。時折《ときおり》左手を刃にそえて、鋼の刃で水を裂《さ》き。

異形を挑発《ちょうはつ》して攻撃を誘《さそ》い、水を削《けず》る戦法——そう見て取ったか、異形はクラウスを無視してルグナードの方を向く。

クラウスが待っていたのはこれだった。

異形が攻撃の手を鈍《にぶ》らせて、クラウスから他へと注意を移《うつ》す時。

長剣を手放し、鎧に仕込んだ刃礫《ビット》を両手で引き抜けるだけ引き抜くと、異形に向かって投げ放つ！

刃礫《ビット》はことごとくねばつく水に潜《もぐ》り込《こ》み、すぐに勢いを殺されて、本体に届《とど》くか届かぬかのうちに、ゆるりと水に沈みはじめる。

その瞬間。

クラウスは、やはり鎧に隠《かく》し仕込んだ大きめの魔力素《マナチップ》を取り出しくわえて噛《か》み砕《くだ》き。

叫《さけ》ぶ。

「はじけろ《ヴァランプ》！」


ばしゅっ！


クラウスの命令に、異形の巨体が爆発《ばくはつ》した！

斬撃の刃に添《そ》えて異形の体のあちこちにからませた刃礫《ビット》と、たった今放った刃礫《ビット》。

金属片《きんぞくへん》に結ばれた布の、結び目の中には魔力素《マナチップ》が仕込まれている。

それが今、一気に炸裂四散《さくれつしさん》したのだ。

一つ一つはたいしたことのない炸裂。だがそれらは水を伝わり互いに共鳴し、爆発となって異形が纏《まと》った水を吹き飛ばす！

同時に。

「天より降り来る見知らぬ紅蓮《レクトガ・イルオハルト》」

ルグナードが準備《じゅんび》していた神呪《セレストル》を発動させる！

突如現れた輝《かがや》く朱線《しゅせん》が、瞬時にルグナードのまわりの地面に円形《えんけい》の紋《もん》を描《か》き、そのまま伸びて異形に触《ふ》れたその途端《とたん》。


ごうンッ！


爆発にも似た炎《ほのお》が上がり、異形の巨体を包み込む！

並の相手なら黒焦《くろこ》げにする一撃も、厚い水を纏った異形であれば、水の厚さを多少減《げん》じただけだろう。

だがクラウスの刃礫《ビット》に仕込んだ魔力素《マナチップ》で、水の大半が四散《しさん》したのとほとんど同時に叩《たた》き込《こ》めば。

炎がおさまったそのあとには。

水をすべてはぎ取られた大型の異形。

まだ生きてはいるようだが——そこへ。

「黒の一二四五！　青の一二三四！　はじけろ《ヴランプ》！」

槍刃《ブレードスピア》と自身のその身を加速して、アリサは異形の背後《はいご》から本体に、槍刃《ブレードスピア》を叩き込む！

びぎんっ！　と甲殻の割れる音！　そして。

ぎびいいいいいいいいいいいいいいいいいいいッ！

悲鳴を上げつつ甲殻をはね散らかして、中から飛び出したのは黒い――何か。

何か、としか言いようがない。人をまっ黒く塗《ぬ》り、胴体部分だけを異様《いよう》に長くして、両脇腹《わきばら》に何本もの腕を生《は》やせばこうなるだろうか。

両目は大きく黄色く濁《にご》り、瞳孔《どうこう》だけが黒い点となっている。

それは甲殻を崩《くず》して中から飛び出すと、あっけにとられる一同をしりめに、無数の手で這《は》い逃《に》げはじめる！

「――あれが本体か!?」

ルグナードの声に全員が我《われ》に返った。

「逃がすか！」

駆けてクラウスは刃礫《ビット》を引き抜《ぬ》き投げ放つ！

ぎゃぶっ！　と鳴いて震《ふる》える黒い姿。

鉄片は、今度はたやすくそれに突《つ》き立っていた。

クラウスは新たな魔力素《マナチップ》を取り出しくわえて――

ヤメロヤメロヤメロヤメロヤメロヤメロヤメロヤメロヤメロヤメロヤメロ！

それは。

人の声に聞こえた。

もがきのたうち叫《さけ》ぶそれのおぞましさに、クラウスの背におぞけが走る。

思わず魔力素《マナチップ》を炸裂させて。

ぶぢゅぼッ。

黒い何かの体がはじける。

どす黒い体液《たいえき》を散らしてそれは沈黙した。

断末魔《だんまつま》の痙攣《けいれん》か。しばし数多《あまた》の腕だけが、じたばたもがいて地面を叩き、やがておさまり、ゆっくり止まる。

それが。

呼び名すら知らぬ、大型の異形《いぎょう》の最期《さいご》。

残るは黒く異様な死骸《しがい》と、がらんどうの殻《から》の山。

全員が。

しばし思わず沈黙《ちんもく》し。

「──まだだ──」

クラウスは我に返ると、手放した剣を拾って鞘におさめる。

「馬車の方がまだある」

「あ――ああ。そうだな」

「そ……そーだね」

言ってうなずくルグナードもアリサも、心なしか顔が白い。

異形の叫びが人の声のように聞こえたことには、誰も触《ふ》れない。触れたくない。

「……いくらあんなのをぶっ倒しても、淵海孔《アビスゲート》を出してる連中をどうにかしなきゃあ終わらない」

忘れ、話題を変えようと、言うクラウスの顔もまた白い。

返事も待たずにきびすを返し、馬車が去った方を目ざして小走りに駆ける。

ルグナードとアリサも、クラウスに続いて駆《か》けながら、

「追いつけると思う？」

「知るか」

クラウスの背中に問うアリサに、そっけない答え。

「けど、追いつかなきゃならないだろ」

「……そうだよね……これはさすがに……」

耳を澄《す》ませば夜の中、混乱《こんらん》の音が聞こえてくる。

マドックは死に、クラウスたちは大型の異形を倒《たお》したが、それで終わったわけではない。

まだ町のあちこちでは、人と魚人型の異形との戦いは続いている。

あの馬車を放置しておけば、おそらくまた淵海孔《アビスゲート》が現れて、人と異形が殺し合う。

そんなことはもう許《ゆる》せない。

しかし果たして、もう一度あの馬車を見つけることはできるのか。

「……けどアリサ……お前、あれだけマドックの賞金首にこだわっておいて、あっさり死なせてどうするんだ……オレたちが仕留《しと》めたんじゃあないから成功報酬《せいこうほうしゅう》もらえないかもしれねえぞ」

いろいろ気をまぎらわせようと、クラウスは、並んだアリサに声をかける。

「……ん……」

アリサはあいまいに呻《うめ》いてから、しばらくの間黙《だま》っていたが、やがて――

「……怒るかもしれないけど……

マドックが賞金首をかけられることになった事件で殺された町長さん――

前に、ちょっとお世話になったことがあって、ね――」

「――え――」

クラウスは思わず一瞬絶句《ぜっく》して――

「やはりそんなところか――」

二人を追い越《こ》しつつ、つぶやいたルグナードに、クラウスは目をやり、

「ちょっと待てルグナード……！　『やはり』ってどういうこと――そうか――！」

クラウスは何かを悟《さと》って、はっ、として、

「ここでそういうふうに言っておくと格好《かっこう》いいからなっ……！」

「いや。あのなクラウス。

アリサは顔も知らず、さしたる賞金額でもないマドックにあれだけこだわっていたのだ。何かの因縁《いんねん》があったとは想像《そうぞう》できるだろう。

あえて事情は聞かなかったが……まさかそこも気づいていなかったのか？」

問われてクラウスは、髪《かみ》を軽くかき上げながら、

「いや……オレもやっぱりそんなところだと思っていたよ」

「……まあ別に良いが……」

「クラウス。それむしろかっこ悪い」

「なんだとうっ!?　……けど知り合いの敵討《かたきう》ちだってのなら……アリサから依頼料取りゃあよかったな……」

「ごはんくらいはおごってあげるよ。まあ……敵討ちなんて大層《たいそう》なもんじゃあないんだけど——なんていうのか、ケリをつけたかった。ただ、それだけ」

「……じゃあ全部終わったら……たっぷりおごってもらうからな……」

笑みを浮かべてクラウスが呻き——

「——クラウス？」

彼の異変にアリサは気づく。

クラウスの顔は白くなり、額に頬《ほお》に、苦しげな汗が浮いている。

気がつけば、駆《か》けるペースも落ちている。

「無理はするな」

と、やや先を行くルグナード。

「辛いのだろう。あとは任《まか》せて少し休め」

「平気だって」

言うクラウスの表情は、しかしとても平気には見えない。

「無理……って、どういうこと？」

心配するアリサに問われて、ルグナードは、わずかに逡巡《しゅんじゅん》していたが、

「……昔、クラウスに神呪《セレストル》を教えたことがあった」

「ルグナード……」

クラウスが呻くが、ルグナードはかまわず、二人に背中を向けたまま、

「素質《そしつ》に関してならば、こいつは俺以上のものを持っていた。いい神呪使《シンガー》いになると最初は思った」

「……よせ……」

もはや歩く程度の足取りで進みつつ、クラウスは止めるが、ルグナードは重々しい口ぶりで、

「だが高すぎる素質の代償《だいしょう》か。術の行使はクラウスの肉体にある重大な負担《ふたん》をかける」

「負担って――？」

「言うなルグナード――」

ルグナードは、その背中を震わせて、

「こいつは――魔力素《マナチップ》をかじると必ず腹《はら》を壊《こわ》す」

それは――

あまりにもいろんな意味で悲しすぎる事実。

アリサは、クラウスの肩にそっと手を置くと、

「あたしね——クラウスのこと、けっこうハンサムだって思うよ」

「……なんだよ急に……」

仏頂面で問う彼に、アリサは優《やさ》しい笑みを向け、

「美形、って言ってもいいと思う」

「ほめても何も——」

「だから——これからはあなたのこと、気の毒美形って呼んでいい？」

「……斬るぞ……いやマジで……」

額《ひたい》に脂汗《あぶらあせ》をにじませながら言うクラウス。

「え？　なんで？　あたしはただ、元気づけようと思って——」

「はっはっは。確かに怒りのあまり元気にはなりそうだけどなー」

どうしてやろうかこの女、などと思っていた矢先。

「——おい！」

先を行くルグナードが上げた声には、隠せぬ緊張の色が混《ま》じっていた。

十字路の角で足を止めて、横の通りに視線《しせん》を送ったままで、

「馬車だ」

とひと言。

クラウスは一瞬、腹《はら》の苦しみも忘れ、アリサと顔を見合わせて、小走りで駆《か》け寄《よ》りそちらに目をやる。

通りの先には、横転した黒い馬車一台。

車輪の一つが壊《こわ》れ外れて転がって、つながったままの馬二頭。一頭はまだもがいているが、下になった一頭はもはや動かない。

間違いなくあの馬車だった。

ルグナードの放った一撃は、車輪部に深刻なダメージを与えていたのか。一旦は体勢《たいせい》を立て直したが、ここまで来てとうとう車輪が壊れて横倒《よこだお》しになった——おそらくそんなところだろう。

近づいても人の気配はなく、逃げたのか、御者《ぎょしゃ》の姿も見あたらない。

しかし。

風に混じってわずかににおうのは、傭兵のクラウスたちにとっては嗅《か》ぎ慣《な》れた血のにおい。

アリサは駆け寄ると、横倒しになった馬車の上によじのぼり、油断《ゆだん》なく槍刃《ブレードスピア》を構えたままで、天を向いた馬車のドアをはね開ける。

一瞬の沈黙。

「どうした？」

下から見上げてクラウスが問えば、アリサは月を背に負って、馬車の中を見下ろしたまま、

「――人がいる――」

「中に、か？」

とルグナード。

アリサはさらにしばらくの間、そのままじっとしていたが、やがて唐突《とうとつ》に、

「下りて調べる」

一方的に言い放ち、そのまま中に降《お》りてゆく。

「あ！　おい！」

クラウスの呼びかけももう遅い。

ややあって、這い出てきたアリサは複雑《ふくざつ》な表情で、

「三人、いた」

馬車の上から路上に飛び降り、

「二人が男。一人が女。

全員、刃物で刺《さ》されて死んでる」

「刃物で刺されて？」

と、ルグナード。

「うん。どういうことなのかはわからないけど――」

「――まさかマドックの奴――」

ある想像が脳裏《のうり》をよぎり、クラウスは口を開いた。

「自分の手でカタつけてたのか……？　飛び降りるその前に」

その推測に、是とも非とも答える者はむろんいない。

しかし口には出さぬまま、三人は、同じことを思っていた。

これで本当に終わりなのか？――と。

答えを知るものはここにはいない。

だがもしも――

マドックが死なずにいて、馬車の中でこと切れている三人の顔を見たならば、間違《まちが》いなくこう言っただろう。

――誰だこいつら――？

と。

ダイラスの警備《けいび》兵詰《へいつ》め所《しょ》の中に、人はあまりいなかった。

淵海孔《アビスゲート》出現の事後処理に追われ、警備兵たちの大半は出払《ではら》っている。

そんな詰め所の中、がらんとした会議室で、フォックス＝ゴーンは、書類の束に目を落としたまま一人で茶を飲んでいた。

書類は、現在わかっているだけの被害状況をまとめたもの。

とはいえ、淵海孔《アビスゲート》が二つ出現した難民地区は、もともと住民の数さえ摑《つか》めていない場所だった。かてて加えて昨夜の騒《さわ》ぎ。

実際の被害がどれほどか――正確な答えを出すのは不可能だろう。

フォックスが、何枚目かの報告書を眺《なが》めていると。

遠慮がちなノックの音が響《ひび》いた。

「どうぞ」

「失礼します！」

ドアを開けて入ってきたのは、大仰な鎧《よろい》に身を包んだ壮年《そうねん》の男。ここの警備隊の隊長である。

フォックスにガチガチの敬礼《けいれい》を送ってから、姿勢《しせい》をゆるめて手にした書類に目を落とし、

「お捜しの馬車ですが、路上に放置されているのを発見いたしました！

御者《ぎょしゃ》らしき者は見あたらず、中には三名。女が一名、男が二名。

いずれも黒いローブとフードを着用し、刃物で刺《さ》されて死亡していました。身元は目下《もっか》
調査中ですが、こちらは時間がかかりそうですので、ひとまず発見のご報告を！」

「そうですか。ありがとうございます」

フォックスは、優《やさ》しげではあるが、どこか間の抜けた笑顔を浮かべる。

「ご検分なさるなら、現場まで私がご案内いたしますが？」

「いえ——それには及びません。

お手数ですが引き続き、身元の調査をお願いします」

「了解いたしました！　では失礼いたします！」

「ご苦労様です」

再び敬礼《けいれい》をして隊長が部屋を出てゆくと。

「——なるほど——」

フォックスはイスの背もたれに身を預《あず》け、一人つぶやく。

「護衛《ごえい》にと、腕の立つならず者を雇《やと》ったはいいが、裏切られて殺された——」

茶のカップを手に取り、口もとに運び、

「そういう筋書《すじが》きにしたい、ということですか――」

ぬるくなった茶をひと口、のどの奥へと流し込んだ。


空が青い。

緑を吹《ふ》き抜《ぬ》けて来た風が、少女の黄金色をした髪をなびかせる。

「けど、こういう歩いての旅も気持ちのいいものですね」

道ゆく途中で雲を眺めて足を止め、青い服の少女は大きく伸びをした。

「しかしテーニア様」

連れの一人、白い服を着た仏頂面《ぶっちょうづら》の男が少女に語りかける。

「今は仕方ないとしても、いつまでも歩き、というわけにもいかないでしょう。どこかで足を調達しなければ」

「硬《かて》ぇこと言うなってラングル。人間、余裕ってもんがなくちゃぁな。ちったぁお嬢《じょう》を見習え」

四人の道行きのうち別の一人、傭兵《ようへい》ふうの男が白服に軽口《かるくち》を飛ばす。

「……そんなこと言うけどやっぱり心配ですよ……とにかく今は少しでも早くあの町から

「離れたいです……」

蚊《か》の鳴くような声でつぶやいたのは四人目の男。大柄《おおがら》で、子供なら泣き出しそうなほど凶悪《きょうあく》なご面相《めんそう》だが、猫背《ねこぜ》でうつむき、ぶつぶつと、

「……ほんとうにあれで、私たちが死んだと思ってくれるかどうか……」

「いいのよ。別にそこまでだまされてくれなくても」

テーニア──マドックにはずっと、ローウェルという偽名《ぎめい》を使っていた少女は、ほがらかな笑顔で、

「ひととき時間ができればそれで十分。糸が切れてくれれば大助かり。その上だまされてくれれば言うことなしだけれど、そこまで望むのは欲ばりよね？」

黒い馬車に黒ローブと黒フード、おまけに仲間に賞金首《しょうきんくび》。

これらの特徴を一気に投げ捨てれば、死体が替《か》え玉だと気づいても、こちらのあとを辿《たど》るのは難《むずか》しいだろう。

「それで、足のことを含めてなんですけど──」

連れたちの方をふり向いて、後ろ向きに道を歩きつつ、少女は言う。

「一度、お父様の所に戻りましょう。中生体《メガロパ》の安定召喚にもめどがついたんですから、いろいろと報告しなくちゃあなりませんし。

きっとお喜びいただけるわ」

スカートのすそをひるがえして前を向く。

ほがらかなその笑顔には、一点の後悔《こうかい》も悪意も無かった——


「——以上がことの顚末《てんまつ》だ——」

「……うーん……」

ダイラスの町にある食堂の一角《いっかく》で。

ルグナードの報告を聞き終えて、フォックス＝ゴーンはむずかしい顔で沈黙《ちんもく》した。

マドックの死をもって依頼は終了。

そう判断《はんだん》したクラウスたちは、ダイラスで宿を取ると、フォックスの接触《せっしょく》を待つことにした。

長くなるかとも思ったが、騒《さわ》ぎのあった翌々日の朝、彼はひょっこり宿を訪《おとず》れた。

場所を変え、フォックスが選んだこの店で、おおまかな事情を説明したのだが——

誰かが淵海孔《アビスゲート》を出現《しゅつげん》させたとか、異形が人間とつるんでいた、といったキナくさすぎる部分はさすがに語れない。

そのあたりをごまかしてつじつま合わせをした結果、マドックをこの町で見つけたのだが、相手は淵より来るもの《アビスフォーム》に殺された、という、なんだかクラウスたちが全く何もしていないように聞こえる報告になった。

マドックが別の死に方をしていれば、自分たちがやった、と言い張ることもできただろうが、大型の異形《いぎょう》に踏《ふ》み殺された死体を見れば、それが人の仕業でないことは瞭然《りょうぜん》。

といって死体を隠せばむろん、本当に仕留《しと》めたのか、という話になる。

「そうですねぇ……」

フォックスはしばらく思案顔だったが、ふと顔を上げると、世間話の口調で、

「ところで皆《みな》さん、このしごとが終わったあとはどうなさるんです？」

「あたしは特に予定はありませんけど」

問われてなんとなく答えるアリサ。

「こっちも別にないな」

髪をかき上げてクラウスも続けた。ルグナードが一瞬《いっしゅん》、何かを言いたそうな顔をしたが、あきらめて。

答えにフォックスは首をかしげると、

「ということは――ひょっとして皆さん、お連れさんではないんですか」

「オレとルグナードは前から一緒に旅してたんだけどな。

そっちのアリサとは、マドックがらみでちょっと手を組んだだけでな」

とアリサに目をやれば、彼女もクラウスに視線《しせん》を送り、

「そっか……考えてみたら、これでこの仕事も終わりなんだし。これ以上いっしょにいる意味もなくなるのかぁ。

クラウスのこと、見物できなくなるのはちょっと淋《さび》しいけど」

「見物言うな。

ま、生きてりゃまたいつか会うこともあるさ。どうせならしんみりせずに、パーッと飲んで食って、気持ちよくさよなら、だ」

「それってあたしのおごりってこと？」

「そういう話だったろ？」

二人は顔を見合わせ笑みを浮かべ。

「それでしたらちょうどいい」

聞いていたフォックスはほがらかに、

「さきほどからずっと、いろいろ考えていたんです。

今回の件でみなさんが努力してくださったことは間違《まちが》いないと思います。

ですが、マドックを殺したのがあなたがたではない以上、契約上《けいやくじょう》、成功報酬《せいこうほうしゅう》をお支払い

することはできません」

こういう話の流れになるだろうとは、クラウスたちにも予想できていた。いろいろ大変だったあげくにこの結果、というのは釈然《しゃくぜん》としないが、ここで文句を言ったところでどうしようもない。

「仕方ありませんな」

と、肩をすくめてルグナード。

対するフォックスは笑顔《えがお》のまま、

「ただ、みなさんの努力を評価《ひょうか》しないというのも、こちらとしては非常に心苦《こころぐる》しいものがありまして。

それでさきほどから悩《なや》んでいたのですが。

埋め合わせの意味を兼《か》ねて、別件で少々お願いしたいことがあるんです。

もちろん報酬には色をつけさせてもらいますから」

『――』

提案《ていあん》に、クラウスとアリサ、二人は笑顔のままで硬直《こうちょく》した。

はっきり言って。

まっぴらである。

口には出さないが、クラウスたちは考えている。フォックスの本当の目的はマドックではなく、マドックが同乗していた馬車の方だったのではないか、と。

もしそうなら。

ここでうなずけば、また面倒な話に巻き込まれる予感——いや、確信《かくしん》がある。

「あ、すみませんけどあたしたち——」

アリサが笑みを引きつらせ、クラウスもあさっての方に目をやって、髪をかき上げかき上げしながら、

「このあと少々予定が——」

「ないんですよね？」

フォックスの笑みは変わらない。

『…………………………』

そういえばつい今しがた、二人してそんな内容のことを口走ったような気もする。

さすがに今さら、あれは嘘《うそ》です今めちゃめちゃいそがしいです、とは言えず。

だがルグナードだけは、こういう話の流れになると予想していたのか、

「いや、確かに仕事の予定はないのですが。

いろいろあって、体をあちこち傷《いた》めてしまいまして。少々骨休《ほねやす》めをしようかという話に

なっていましてな。ご厚意《こうい》は嬉《うれ》しいのですが、申し訳ない」

「それならなおのこと。幸い、良い医者を知っているので紹介させていただきますよ。もちろん治療費《ちりょうひ》などはこちらで負担《ふたん》いたしますので。そういうわけで、とりあえず話だけでもお聞きいただけませんか？ここではなんですので、場所を移して」

やんわりとした口ぶりで、それでもがっちり食い下がるところが一同のイヤな予感をかき立てる。

「……いや。ここで話を聞くだけ、というくらいでしたらかまいませんが。お力になれるかどうかはわかりませんな」

おかしな所に連れて行かれてはたまらぬと、ルグナードが笑顔で言えば、

「そうですか。それは残念です」

フォックスは言うと、ここんっ、とテーブルを三回叩く。

途端《とたん》。

店の玄関ドアが開き、そこから、あるいは店の奥から。なだれ込んで来たのは武装《ぶそう》した

正規兵たち！

流れるような手際《てぎわ》の良さで、クラウスたちのテーブルを完全包囲し、全員、剣の柄に手をかける。

儀礼用《ぎれいよう》の長剣ではない。室内でも取り回しやすい、短めの剣。

思わず固まるクラウスたちに、フォックスは、変わらぬ笑みで宣言《せんげん》した。

「ターシュ領《りょう》、情報調査部《じょうほうちょうさぶ》のフォックス＝ゴーンです。

お気持ちを害するような真似《まね》はしたくなかったのですが残念です。

申し訳ありませんが、重要情報漏洩防止《じゅうようじょうほうろうえいぼうし》のため、みなさんを一時的に拘束《こうそく》・連行させていただきます」

と。

クラウスたち三人の旅は——

どうやらまだ、終わりそうにない。

あとがき

海が好きです。でも海中の面妖《めんよう》な生き物はもっと好きです。

みなさんこんにちは。作者の神坂一と申します。

というわけで、新シリーズ、アビスゲートの一巻をお送りします。

さて。

はじまりましたこの話、読めばお気づきになる方もいらっしゃるでしょうが、発想の原点はクトゥルフ・ホラーだったりします。

ここで解説：クトゥルフ・ホラーとは
アメリカの昔のホラーもの。原作者が海産物嫌いだったせいで邪神様《じゃしんさま》がイカタコっぽい描写になっており、日本人から見たらむしろおいしそう。後ろから何かの足音が近づいていても日記を書き続ける主人公の根性《こんじょう》が素敵《すてき》。

もちろんあくまで発想のとっかかりとして使っただけなので、設定は全然違いますし、主人公が日記を書いたりもしません。

作者としてもホラーが書きたいわけではなく、『海の生き物を敵側にしたら面妖な生き物いっぱい出せるじゃん！』という純粋《じゅんすい》な動機《どうき》から、このシリーズをスタートしたわけです。

子供の頃は図鑑《ずかん》とかを見るのがわりと好きで、古生物の図鑑に載《の》っていたニッポニテス（アンモナイトの一種。やる気のない小学生がこねた粘土細工《ねんどざいく》みたいな形）とかに心惹かれるものがあり、その頃から作者のナニカのビョーキがはじまっていたんじゃないかと推測できるわけですが。

いろんな図鑑を見比べて、それぞれに面白《おもしろ》い造形《ぞうけい》の生き物はいるんですけど、やっぱり群《ぐん》を抜《ぬ》いているのが、古今《ここん》の海に住まう生き物たちの面妖っぷり！

アノマロカリスに代表されるバージェス頁岩《けつがん》から発掘《はっくつ》された生物群の再現CGを初めて見た時には、鼻血《はなぢ》出るかと思いましたとも！　ええ！

ちなみにお気に入りはハルキゲニア！　動く再現CGを目にしていい歳《とし》こいて『かわいい』を連呼《れんこ》！　作者うっとりですよ！

（注：あなたの健康を損《そこ》なうおそれがありますので、作者がかわいいを連呼しているシーンは想像しないでください）

まさしく海は面妖生物の宝庫《ほうこ》！

作者が子供の頃は絶滅種《ぜつめつしゅ》と信じられていて古生物図鑑《こせいぶつずかん》に載《の》っていたシーラカンスが、今は魚類図鑑にサラッと何事もなかったかのように載《の》っていたりしますし！

そんな古代種が見つかるかと思えば、新種変異種《しんしゅへんいしゅ》が突然発生したりすることもありますし、巨大種なんかの宝庫でもあります。

エチゼンクラゲとか、どういうモノか予備知識一切無しに海中で接近遭遇《そうぐう》したら、死を覚悟《かくご》するんじゃないかと思います。

エチゼンクラゲ程度でそうなのですから、ましてや他の種はなおのこと！

巨大ダコ巨大イカ巨大ザメなどは有名どころですが、まだまだ私たちの知らない巨大種もいる可能性があるわけで。

未確認生物の噂も多く、時々、実際に謎の生物の死体とか揚《あ》がったりしますし！

うわ見てみてぇ未確認生物！

はるか沖から岸辺まで伸びて来る何かの触手《しょくしゅ》とか！

もちろんンなもん実際に出会ったらソッコー逃《に》げるけど！

……ま、未確認だ巨大だ面妖だのと言ったところで、それは私たちが知らない・普段見ないからそう見えるだけであって。

海の中の方々から見れば、陸上に暮らしてるこっちの造形の方がよっぽど異様《いよう》に映るんだろーなー、とゆー想像はできるんですが。

けど見慣れないものが異様に見えるのは当たり前で、そのせいか、一部の英語圏《えいごけん》じゃあタコは悪魔《あくま》の魚呼ばわりですよ。

昔の修道士《しゅどうし》か何かが書いた悪魔の辞典《じてん》（アンブローズ・ビアス著の同タイトルに非ず）には『カニ』って項目があって、『この奇怪な生き物が悪魔と何らかの関わり合いがあることは疑いようはない』とか書いてありましたし。

疑いようはないとまで！

なんと見事な言い切りっぷり！　すげえぜ昔の修道士ッ！

そのピュアな心を忘れずに！

まあそういう文化土壌があったからこそ、前述のクトゥルフ・ホラーの邪神が生まれたんでしょうけれど。

作者としてはこのシリーズで、面妖っぷり満載な海の生き物たちをモデルにした面妖物体を、これからもどんどん出して行こうと思っています。

そんな感じで書きはじめたこのシリーズですが、心配といえば心配なのが、作者のこんなシュミに世間の皆様がご賛同くださるかどうかとゆー点で……

……ええっと……

一応念のため皆様に確かめておきたいことがあるんですが、さっきから作者が使っている『面妖』って、あれ、ほめ言葉ですよね……？

いや！　いいです！　答えなくていいです！

と……ともあれ……

そんなこんなではじまりましたこのシリーズ、おつき合いいただければ幸いです。

神坂　一　拝

富士見ファンタジア文庫

アビスゲート 1
果て見えぬ淵《ふち》の畔《ほとり》に

平成19年10月25日　初版発行

著者——神坂《かんざか》　一《はじめ》

発行者——山下直久
発行所——富士見書房
〒102-8144
東京都千代田区富士見1-12-14
電話　営業　03(3238)8531
　　　編集　03(3238)8585
振替　00170-5-86044
印刷所——旭印刷
製本所——本間製本
落丁乱丁本はおとりかえいたします
定価はカバーに明記してあります
2007 Fujimishobo, Printed in Japan
ISBN978-4-8291-1969-3 C0193